河上一周

A Week on the Concord and Merrimack Rivers

Henry David Thoreau

[美]亨利·戴维·梭罗 著

刘颖 译

中国华侨出版社
·北京·

果麦文化 出品

目录

1　康科德河

12　星期六

37　星期日

72　星期一

97　星期二

145　星期三

169　星期四

193　星期五

216　译后记

225　附录

228　物种译名对照表

236　地名译名对照表

1

你曾与我结伴航行,而今会去向何方?

你要去攀更高的山,

你要去溯更美的河,

做我的缪斯吧,我的兄弟。

2

向着,向着远方的海岸,

去一座孤岛,要去遥远的亚速尔,

那里,那里有我追寻的宝藏,

在荒凉的沙滩,无人的水湾。

3

我在河上乘着风逆流而上,
新的土地,新的人,还有新的思想等待我去发现;
前方有优美的河景和岬角,
也有重重危险让我忧惧。
可是,当我回忆去过的地方,
看过的美景,
只有你,像我永恒的水岸,
像我从未绕过的岬角,从未踏足的地方。

4

他用堤岸的斜坡约束河流,
河水一程程深入大地,
余下的奔赴大海,汇入汪洋,
自由之水浪涛拍岸。

康科德河

在低矮的山丘下，在辽阔的河谷间，
印第安人的河流还在肆意地流，
我们的男人和女人还在它心上。
犁耙翻出他们的笛子和箭，
新伐的大树盖起松木屋，
部落不在了，农人在此安居。

——爱默生

马斯基塔奎德河，亦称草地河，和尼罗河或幼发拉底河同样古老，但直到1635年，来自英格兰的拓荒者看上它丰茂的草地和渔产后，它才在文明史上占有一席之地。

它的另一个名字"康科德"[1]取自河畔的第一座种植园，这个名字与原名意趣相似，想必诞生于安宁与和谐之中。只要这里的草还在生长，河水还在奔流，它就永远是草地河；康科德河这个名字只属于在河畔过着太平日子的人们。对一个业已消失的种族来说，它还是草地河，他们曾在这里狩猎、捕鱼。对康科德河畔的农人们来说，它仍是那片多年生草场，他们是这片大草地的所有者，年复一年地在此收割干草。我喜欢引经据典，据一位研究康科德历史的学者描述，"它的一条支流起源于霍普金顿南部，另一条来自韦斯特伯勒的一个湖泊及一片广阔的柏树沼泽"。河水沿霍普金顿和索思伯勒的边界流出，穿过弗雷明翰，行经萨德伯里和卫兰德之间，这一段有时也被称作"萨德伯里河"，然后进入康科德镇南部，接受自西北方而来的诺思河即阿萨贝思河汇入，这一段有时同样被称作"萨德伯里河"。此后，河水向东北方而且沿贝德福德和卡莱尔边界流淌，穿过比勒利卡，在洛厄尔尽数注入梅里马克河。

---

1 康科德，意为"和谐"。

夏季，康科德镇河段水深 1.2-4.6 米[1]，河面宽 30-90 米。但春汛期间，洪水漫过堤岸，某些地方可泛滥到大约 1.6 千米宽[2]。在萨德伯里和卫兰德之间，草场的面积此时扩张至一年中最大，待洪水退去，在草地上留下一连串浅而美丽的春季湖，引来无数鸥鸟和野鸭栖居。几个城镇中，以谢尔曼桥以上河段水域最广，当三月的料峭清风吹过，高涨的暗色水面上泛起平缓的波涛或是连续的涌浪，远处有桤木沼泽和如烟似雾的槭树勾勒出边缘，俨然一座小休伦湖[3]。对未出过海的人来说，在此悠闲泛舟或驾船穿越水面都足够惬意与兴奋。靠萨德伯里一侧的堤岸是一片朝外侧缓缓抬升而形成的高坡，建在坡上的河畔农舍在这个季节可尽览优美水景。卫兰德一侧则地势较为平坦，所以洪水泛滥时损失惨重。当地农人告诉我，自从河上建起数道水坝，如今每年被淹的土地多达数千英亩[4]。当年那片土地上看得见白色忍冬花盛开，苜蓿繁茂，只有夏季才能

---

[1] 原著为"4 至 15 英尺"，1.2-4.6 米，为便于阅读，后文将直接替换为厘米或米。
[2] 原著为"1 英里"，约 1.6 千米，为便于阅读，后文将直接替换为米或千米。
[3] 休伦湖，北美五大湖中的第二大湖。
[4] 英美制面积单位，1 英亩约为 0.004 平方千米。为便于阅读，后文将视情况替换为平方千米。

深入其中而不湿鞋；可现在，除了生于水中的加拿大拂子茅、莎草和假稻，终年别无所有。长久以来，一年中最干旱的季节也是收干草最忙的时候，农人们每天在暮色中绕着矮丘不知疲倦地挥舞镰刀，辛苦到夜里九点才收工。如今这里已经不值得费力气前往，去了也只能伤心四顾，望着仅剩的小树林和高地聊以自慰，那是他们最后的资源。

如果只是想看看我们身后的广袤乡野，不妨溯河而上，到萨德伯里回头，那是一段值得一游的航程。沿河有从未见过的巍峨高山，上百条溪流，还有农舍、谷仓、干草堆。到处都是人，萨德伯里的索思伯勒人、卫兰德人、九亩角人，还有一块地跨林肯、卫兰德、萨德伯里、康科德四个镇子的岩石——"绑岩"。风激起层层浪，带来新鲜气息，水花溅在脸上，芦苇和灯芯草摇曳。寒风中，成群的野鸭在浪花中奋力挣扎，展翅欲飞，最终像一群装配工，在喧哗和口哨声中向拉布拉多飞去，时而收起双翼顶着烈风飞翔，时而绕着你转圈，用脚蹼轻快地拍打着浪尖，觑两眼船上的人才肯离去。鸥鸟在头上盘旋，麝鼠没了命一般在水中窜来窜去，它们又湿又冷，却不会像我们一样生火取暖。它们的巢穴就像干草堆，散布得到处都是。多风的河岸上阳光普照,一路可见数不清的老鼠、鼹鼠和山雀。蔓越莓随着水浪沉浮荡漾,堆积在河滩,桤木林中到处都飘着这些小小的卵圆形红果。大自然的勃勃生机似乎在向我们证明末日尚远。还有遍布四野的桤木、桦树、橡树、槭树,它们欢欣鼓舞、汁液饱满,举着芽苞等待水位减退。行至克兰伯里岛附近,只有几根去年的水问荆在水面支着草尖提醒人们暗伏的危险,你或许会遭遇搁浅。如果运气不好,你将被冻得够呛,如置身于西北海岸——此生我还从未航行到那里过。

这一路,你还将遇见从未听说过的人,你不知他们的名姓,只看见他们拎着猎鸭的长枪穿过草地,穿着雨靴在禽鸟聚集的深草间跋涉,行走在偏远、荒凉、冰冷的水岸,枪半上着膛。天黑前,他们会发现短颈野鸭、蓝翅鸭、绿翅鸭、麻鸭、鹊鸭、黑鸭、鱼鹰,以及诸多原始而壮丽的景观,让那些安稳坐在客厅里的人永远也无法想象。你将遇见粗鲁、强壮、老练而睿智的人,他们坚守自己的堡垒,不是在结伴搬运夏季的木材,就是在林中独自伐木,他们在风吹日晒雨淋中积攒下的奇谈和冒险故事比栗子的果肉还要饱满；他们不止经历过1775年[1]和1812年[2]，他们这一生的每一天都在野外；他们比荷马、乔叟或莎士比亚更伟大，只是没有时间讲述，未能将自己的故事诉诸笔端。看看他们的土地吧，再想象一下，如果他们拿起笔会写出怎样的文字！没有羊皮卷，他们一边书写著作，随即又抹去，他们清野、烧荒、垦地、耙土、犁田、深耕，来来回回，反反复复，日复一日，年复一年，还有什么未曾在大地上写下！昨日已逝，史册记录的年代也都已过去，今日所为就在眼前，今日对自然生命灵光乍现的觉察和浅试终将变成真实的未来，或者说，终将超越时间，超越枯荣轮转、青春和神圣，存在于永不消亡的风雨中。

康科德河极其平缓，水流几乎难以察觉，康科德镇居民的政治立场也是出了名的温和中庸，这在独立战争以及后续若干事件中都有所体现，有人归因于河流的影响。曾经有人提议将被康科德河环绕九圈的青翠原野作为我们盾形纹章上的图案。我从书中得知，大约1.6千米的河段地

---

[1] 美国独立战争爆发。
[2] 第一次美英战争爆发。

势只要下降约3.175毫米[1]便足以产生水流。我们所在的这条河可能勉强满足以上条件。当地有个传说，全镇范围内，有史以来干流上被风吹垮的桥只有一座，落水后它竟然被风推向了上游。不过，我觉得这种事很难得到证实并载入正史。话虽如此，这条河急转弯处都是浅水滩，水流也变急，称为"河流"倒也当之无愧。与梅里马克河的其他支流比起来，印第安人为这条河取的名字"马斯基塔奎德河"，或"草地河"更为贴切。它的大部分河段都在宽广的草地上静静流淌，间或穿过散布的橡树林，成片的蔓越莓果实如苔藓一般覆盖在草地上。成排矮柳根部浸在水中，为河流描画出一侧或双侧的岸线；草地的远方接着槭树、桤木以及其他水生树，还有遍布的葡萄藤蔓，等到葡萄成熟，会有紫色、红色和其他五颜六色的果实挂满枝头。水岸再远处，坚实土壤的边缘，可以看见一栋栋灰色和白色的民居。据估计，1831年时，康科德镇的草地面积约8.5平方千米，占全镇面积的七分之一，排在牧场和未开垦土地后居第三位。此外，前几年的报告显示，草地

---

[1] 原著为"1/8英寸"，约3.175毫米，为便于阅读，后文将直接替换为毫米或厘米。

的开垦速度慢于林地砍伐速度。

让我们看看老约翰逊[1]在他记录1628年至1652年新英格兰地区的《创造奇迹的普罗维登斯》一书中是怎样描述这片草地的。他提到了在康科德建立的第十二基督教会,"这个镇坐落在一条秀美的淡水河上,沼泽上溪流纵横,水流中鱼儿穿梭,它是那条叫梅里马克河的大河的支流。时令一到,灰西鲱、河鲱便逆流而来,但因岩石嶙峋的瀑布阻挡,鲑鱼和雅罗鱼无法通过。这些瀑布导致草地大范围积水,当地居民曾联合邻镇尝试开渠引水,最终徒劳无功。看来得用上约45.4千克[2]的炸药才能将水引开"。关于农事,他写道:"他们投资养牛,每头牛5英镑至20英镑,过冬时,他们用来喂牛的陆上干草是以前从未收过的野金缕梅。牛很难挺过整个冬季,通常在转场至新农场的一两年内大批死去。"同一位作者在《关于在马萨诸塞州行政管理区建立第十九基督教会即萨德伯里的决定》一文中记录,"今年(指1654年)萨德伯里镇及基督教会奠

---

1 爱德华·约翰逊(Edward Johnson, 1598—1672),美国殖民地历史学家,著有《新英格兰历史》(*A History of New England*)。
2 原著为"100磅",约45.4千克,为便于阅读,后文将直接替换为千克。

基动工,与姊妹镇康科德镇一样,选址在内陆原野上,在同一条河流的上游方向,沼泽遍布,地势虽低洼却少有洪灾,只有在潮湿的夏季,才会损失部分干草。不过他们的干草资源极为丰富,到冬天还有余力收容别的镇子养的牛"。

康科德的草地上,这条动脉就这么懒洋洋地流过镇子,悄无声息,波澜不兴。它由西南流向东北,全长约80千米,水量充沛,在大地的平原和山谷间翻滚,跟随穿着鹿皮靴的印第安战士的脚步,从高处匆匆奔赴它古老的蓄水地。我们听得到地球另一侧的那些著名河流的低语,那声音与更远处的水岸居民耳中听到的无异。众多诗人汇成河流,将英雄的头盔和盾牌托举在水面。克珊托斯河[1],或曰斯卡曼德洛斯[2],不仅仅是干涸的故道、山洪来时的河床,也是被永不干涸的盛名之泉填满的大河。

我们的康科德河,浑浊而备受摧残,但我相信,人们会允许我将它与史上那些声名显赫的河流相提并论。

密西西比河、恒河、尼罗河,这些从落基山脉、喜马

---

1 克珊托斯河,位于土耳其南部的古城。
2 斯卡曼德洛斯,克珊托斯河的别称,亦是河神名。

拉雅山脉和月亮山脉[1]奔涌而出的水分子在世界历史上举足轻重。上天并未枯竭它们的源头,月亮山脉依旧在向帕夏[2]缴纳岁贡,一如古时敬奉法老,只不过现在的帕夏必须依靠刀剑才能搜刮财富。而最早的旅行者一定要仰仗河流为他们指引前行的方向。流经我们的家园时,它们总在引诱、激起人们对远行和冒险的渴望。在天性的驱动下,水岸居民们终究会跟随波涛去往世界各地的河口低地,或是接受邀请去探索大陆的腹地。它们是所有民族的天然大道,不仅为旅行者夷平土地,清扫路障,平息干渴,将他拥抱在胸怀,还会指引他去看最有意思的风景,访问最稠密的人烟,探索动物和植物最完美的乐园。

我时常站在康科德河畔,看逝水悠悠,它象征着一切过程,与秩序、时间以及所有造物遵循同样的法则;河底的水草随着水流弯折,被饱含水汽的风吹得瑟缩,仍然深深扎根在种子落下的地方,但过不了多久,就会枯死倒伏在泥土中;那些闪亮的卵石并不急于改变现状,残枝、杂

---

1 月亮山脉,鲁文佐里山的别称,位于乌干达和刚果边界,尼罗河的源头之一。
2 帕夏(Pasha),对奥斯曼帝国行政系统高级官员的敬称。本书写作时埃及名义上仍是奥斯曼土耳其帝国的一个省。

草漂浮而过，不时还有伐木工砍下的圆木和树干借着水流去完成它们的宿命。凡此种种，都令我兴致盎然。终于，我决定投身河流的怀抱，任它带我漂泊。

星期六

终于，在 1839 年 8 月的最后一天，星期六，两个康科德人，我们兄弟俩，从康科德河港起航。阳光下的康科德港既供肉体停泊和起航，又供灵魂归航再出发。至少在一侧河岸上，人们暂时免除了一切职责，无人劳作，诚实的人会欣然接受这样的安排。温暖的细雨让整个上午都模糊不清，险些耽误我们的行程，好在终于迎来一个宜人的下午，树叶青草都干了，晴朗而新鲜的大自然仿佛在酝酿更宏大的谋划。长时间的阴雨让它的每个毛孔都在滴汗淌水，现在终于可以前所未有地畅快呼吸。随着奋力一推，小船从岸上滑下水，在黄菖蒲和水葱的致意下，我们的船无声地顺流而下。

春天里，我们花了一周工夫制作这条小船。它的形状和渔夫的平底船差不多，约4.6米长，最宽处约1米，绿底蓝边，这两个颜色代表着它将置身的环境。出发前一晚，我们把船拖到家门口，距离河道800米处，装上自家田地里产的马铃薯和甜瓜，带上几样炊具，还备上了轮子，准备过瀑布时装在船底从陆地绕行，加上两套桨橹，几根在浅水滩撑水用的长篙，还有两根桅杆，夜里可以一根当帐篷杆。我们的床是一张水牛皮，顶是一块棉质帐篷布。我们的船很结实，也很重，船形并没有什么特别之处。做得好的船就像一只两栖动物，需要具备双重要素，在结构上一半像行动迅捷、体形流畅的鱼，一半像拥有强健双翼、姿态优雅的鸟。鱼的一面表现在船的最大宽度和船舱深度；固定橹处好比鱼鳍，船舵的形状和位置则好比鱼尾；鸟的一面体现在航行时如何挂帆掌舵，船首应该加工成什么形状才能让船保持平衡，并且以最佳角度剖开空气和水。我们只部分遵循了这些规则。虽然不是专业水手，但人眼总是看任何船形都不够满意，不管它多盛行，都难以满足艺术审美上的需求。艺术关心的是船，不是木头，可一截木头也能被粗暴地拿来当船用，因此，我们的船作为一截木头，愉快地遵守着重物能承载轻物这一古老法则，纵然像一只笨头笨脑的水鸟，也足以载着我们浮在水面。

> 如果天意让柳枝成舟，
> 那它定能安然入海破浪。[1]

几个村里的友人站在下游方向的岬角上向我们挥别。我们矜持地完成了这些岸上的礼仪，安静地划过康科德坚实的土地，一桨接着一桨，逐渐远离站满人的岬角和空旷的夏日草地——我们的态度情有可原，毕竟干大事的人总是看得多，说得少。等到终于远离送行者的视线，我们放松下来，鸣枪致意，留下林间回响作为应答。一群穿着褐色衣服的孩子与麻鹬、丘鹬和秧鸡一起流连在宽阔的草地间，尽管被灌丛、塔序绣线菊和白花绣线菊遮挡，他们还是听到了我们下午的致意。

很快，我们就经过了革命时期的第一处正规战场，在留存至今的"北桥"桥墩间收了桨。我们在右侧石墩上读

---

1 古希腊抒情诗人品达（Pindar，约前522或者前518—前422或者前438）的诗句，引自普鲁塔克（Plutarchus，约46—125）《道德论丛》（*Moralia*）。

道：1775年4月，独立战争的隐隐怒潮在这里兴起，直到"给合众国带来和平"时方得平息。

怀着如许思绪，我们悠悠划过如今宁静安详的牧场，康科德河的波浪早已熄灭掉战火的喧嚣。

绕过邻近河湾，我们来到位于庞考塔塞和波普勒山之间的新北桥下，进入大草地。它就像一只鹿皮靴踩出的巨大脚印，给大自然留下一块肥沃湿润的土地。

来自村庄的喧哗逐渐低落，我们仿佛开启了梦中的静水之旅，从过去漂往未来，如同清晨苏醒或深夜沉思般悄无声息。我们无声地顺水而行，偶尔惊起一条藏身于浮叶下的狗鱼或太阳鱼。小麻鸭时不时懒洋洋地扑几下翅膀，从岸边的栖身处飞开，大个子的则在我们靠近时从深草中突然飞起，将它们金贵的双脚安落到安全之地。船儿划破柳林中的水面，搅碎树木的倒影，乌龟麻利地钻入水中。河岸已经过了风光最美的季节，鲜艳的花朵也黯淡了颜色，这告诉我们年光已近秋天；但深沉的色调让它们更显真挚，在持续不退的暑热中犹如苔痕苍苍的清凉井口。猫柳淡绿色的叶片大片铺在水面上，中间点缀着长成大球状的风箱树。开着玫红色小花的蓼草在河道两侧骄傲地昂着头,此时此地,在两岸稠密的白花植物间,它们细小的红穗显得弥足珍贵。洁白的慈姑花立在浅水中,几株红花半边莲在水边顾影自怜,不过后者和梭鱼草一样,花期都已近尾声。鳖头花,也叫蛇头花,紧贴着河岸;某种金鸡菊冲着太阳仰起黄铜色的脸,饱满而茂盛;喇叭泽兰构成了整个水岸植物群的背景。岸边草地上,皂龙胆鲜蓝的花朵星星点点,好像冥后普洛塞庇娜[1]撒下的鲜花;稍远的原野与高堤上,可以看到帚地黄、鹿丹、垂头的鸟巢兰和绥草;更远方,在我们偶尔踏足的道边,还有曾被阳光照耀的河堤上,一丛丛已过盛花期的菊蒿仍然泛着暗黄的光。简而言之,为了给我们送行,大自然似乎精心打扮了一番,在刘海与发卷上插满了色彩缤纷的鲜花,让水面映出她美丽的身影。但我们错过了白睡莲,水生花中的女王,它的全盛期已经过去。她启程太迟了,也许是水中的钟走得太慢。康科德河上盛产这种睡莲。某个夏日清晨,我在日出前顺流而下,穿行在大片睡莲中,它们花瓣紧闭,仍在沉睡。当朝阳终于越过河堤照亮水面,我随波漂荡其

---

[1] 普洛塞庇娜(Proserpine),罗马神话中的冥后,对应希腊神话里的珀耳塞福涅(Persephone),亦司管种植,当她在春天回到地面上时,种子开始苏醒萌芽。

间，一大片白莲在我眼前骤然绽放，仿佛一面旗帜猛地展开，这种花对阳光竟如此敏感。

就在即将划出这片熟悉的草地时，我们看到了硕大艳丽的木槿花，它们覆盖在矮柳之上，与葡萄叶交缠在一起。这种花相当难得，但愿我们有机会将这一发现告诉身后的家乡朋友，让他们趁花未凋谢赶紧采摘。此时，村里教堂的塔尖刚离开我们的视线，我们记起明天邻近草地的农人们都会去教堂，可以请他们帮忙传信。这样，当星期一我们进入梅里马克河时，朋友就可以来康科德河岸边采花。

行至鲍尔斯丘，我们在康科德河上船夫们的圣安教堂稍作停留，不是为了祈祷旅途顺利，而是去采摘山上的浆果，现在只剩零星几颗荡在孱弱的枝头。之后，我们再度起锚，故乡的村庄很快便落在视线外。告别时刻，这片土地似乎更添了几分秀美。西南方向的远处，午后的榆树和悬铃木下，就是那个孤单而宁静的村庄；那蓝色的山峦面目缥缈，似乎在向旧日玩伴投去伤感的一瞥。但我们猛然向北，告别远处熟悉的轮廓线，投身新的风景和冒险之中。除了天空，再没有我们熟悉之物。从没有航行者走出过这苍穹，但凭着老天保佑，凭着我们对河流和林木的了解，相信任何情况我们都能应付。

河流从此处笔直往前，行进约 1.6 千米或更长距离后到达卡莱尔桥。这座桥有 20 根木桥墩，过桥回望，桥面变得细如线，在阳光下如蛛丝般闪着光。途中常常可见一些直插水中的长竿，那是在这里交到好运的渔夫们留下的标记，作为渔获的回报，他们把自己的钓竿奉献给司掌这些浅滩的神明。此处水面有前段的两倍宽，水深且静，河底淤泥沉积，岸边杨柳依依，柳林外分布着一个个宽阔的河礁湖，水面满是浮叶、水葱和黄菖蒲。

时近黄昏，我们路过一位岸边的垂钓者。他手持细长的桦木钓竿，银色的树皮还留在竿上，一只狗在他身旁。我们划得太近，船桨惊扰了他的浮标，赶走了他一整季的好运。我们以箭一般的速度笔直往前划出约 1.6 千米再回头看他，尾波在静水中击起的水泡还未消散，垂钓者和他的狗仍站在原处，静如雕像，仿佛和我们隔了一个世界。他们是这片广袤草地上唯一引人转换视线的焦点。他站在那里静候好运，直至夜幕降临，然后带着鱼，穿过原野回到家中。大自然就是这样，凭借这样或那样的诱饵，将栖居的生命引入她的深处。这个男人是我们旅途中见到的最后一个同乡，我们默默地通过他向朋友们说声再会。

每个居民区都是生活在其中的不同年龄和种族的居民的缩影，映照出他们的性格与追求。我青春时的快乐必定会被后来者继承。这男人是个渔夫，处于我成长过程中的某个阶段。他可能还未被五花八门的知识搞得无所适从，也没沉迷于各种发明创造，成天想着怎样用自己细长的桦木竿和亚麻线在太阳落山前钓到一大筐鱼，对他来说，垂钓本身便足以称得上创造。无论寒暑，做一名垂钓者都很快乐。8月里，有人坐在长椅上当法官，即使庭上全体起立，他们仍然端坐；一年四季，除了进餐，他们都正襟危坐，专心判案，从正午到黄昏，过着一种公民政治生活，也许斯波尔丁和卡明斯的案子在等着他们仲裁。与此同时，垂钓者站在约90厘米深的水里，晒着同一个夏天的太阳，蛆虫和小鱼的纠纷在等着他的仲裁，要靠他决定哪个才是合适的鱼饵。他的四周，睡莲、薄荷和梭鱼草清香弥漫。他在水中讨生活，距离干燥陆地还有好几竿远，而大鱼距他不过一竿[1]。对他来

---

[1] 英国古长度单位，以钓竿为尺，1竿约5.03米，为便于阅读，后文将视情况替换为米。

说，人的一生就像一条河，最终都要如乔叟所言"奔流到海"[1]。这是他的人生感悟。这位大人在委托保管方面有重大发现。

我还记得一位穿褐衣的老人，堪称康科德河上的沃尔顿[2]。他和儿子一起从英格兰纽卡斯尔移居至此，他儿子壮实而强健，年轻时也曾拔锚起航。这位倔脾气的老人总是沉默地走过草地，早已过了渴望与同伴交流的年纪。他那饱经风霜的褐色旧外套垂在身上，又长又直，像一块黄松树皮，如果凑近，可以发现它被长久岁月的阳光熏得隐隐发亮。这不是艺术作品，而是最终与自然的同化。我经常在浮叶和灰柳间发现他移动的身影，他用某种乡间老派方式钓鱼——那时年轻人和老人在一起捕鱼——满脑子无法言说的思绪，也许是在怀念他的泰恩河[3]和诺森伯兰[4]。宁静的午后，人们总能看见他出现在河畔，在莎草丛中几乎隐身。老人这一生，曾度过多少个

---

[1] 出自乔叟（Geoffrey Chaucer，约1340或者1343—1400）作品《特洛伊勒斯和克丽西德》（*Troilus and Cressida*）。
[2] 此处将老人比作英国作家艾萨克·沃尔顿（Izaak Walton，1593—1683），其代表作为《钓客清话》（*The Compleat Angler*）。
[3] 泰恩河，英格兰北部河流，在纽卡斯尔注入北海。
[4] 诺森伯兰，英格兰最北部一郡，纽卡斯尔为该郡首府。

诱捕傻鱼的艳阳天，他几乎已成为太阳的知交。他已经活得够久，早已看穿那层单薄的伪装，还有什么必要再去关注帽子或服装？我目睹与他同龄的命运之神赠给他黄金鲈，但认为这点运气远抵不上他经历的岁月；我曾目送他迈着迟缓的步子，满怀经年愁绪，带着鱼消失在他位于村庄边缘的低矮小屋中。我想，现在不会有人再看见他，也不会有人记得他了，因为那之后不久他就去世了，搬到了另一条泰恩河上。他捕鱼不是消遣，也不是为生计，而是一种庄严仪式和避世方式，正如年长者诵读《圣经》。

无论我们住在海滨、湖畔还是河边，甚至是大草原上，都免不了对鱼类习性感兴趣，因为它们并非一种存在于限定区域的生命现象，而是作为大自然的生命形态和生命阶段普遍存在。对大自然的研究者来说，每年沿欧洲和美洲海岸巡游的不计其数的鱼群并没那么吸引人，鱼类能把卵产在高山之巅、内陆平原，它们旺盛的繁殖法则才是真正有意思的话题。鱼类的这个习性让我们能在地球上的众多水体中找到它们，不管是多是少。自然历史学家不是只祈求多云天和好运气的垂钓者，但与垂钓被称为"沉思者的消遣"[1]一样,他们得益于树木和水体。因此,博物学家的观察成果无关乎发现新属种,而在于新的思考,科学是更会沉思者的消遣。鱼类的生命种子四处散播,无惧风吹波涌,也不怕被埋于深土,只要挖一口水塘,就马上会有这些活泼的生命出现。它们与大自然签的租约尚未到期。只要有流动的介质就有鱼,哪怕在云朵和液化的金属中我们都能找到疑似物质。

想象一下,在冬季,你只需垂一根钓线,穿透牧场的冰雪,就能拉上来一条鲜亮、滑溜、呆头呆脑、闪着金色或银色光泽的鱼!此外,探究它们怎样组成一个个或庞大或萧条的家庭也同样令人着迷。放在冰面诱捕狗鱼的雅罗鱼,哪怕是小小一条,看起来也和被抛在漫长海岸上的大个头海鱼差不多。康科德镇上的水体中有十来个不同品种的鱼,不过生手总觉得远不止这个数。

鱼类的生态和数量在这个世纪尚未受到干扰,观察它们可以让我们更深地感受大自然的安宁,它们的欢悦随着每个夏季如约而来。淡水太阳鱼,也叫鳊鱼、梅花鲈,虽

---

[1] 出自英国作家艾萨克·沃尔顿的《钓客清话》。

然没有祖先,没有后代,但仍是自然界里这个鱼种的代表。它再常见不过,每个顽童的钓绳上都能看到它的身影。这是一种迟钝而无害的鱼,巢穴掘沙而成,遍布各处水岸,夏日里经常长时间待在穴中扇动着鱼鳍。有时几竿距离内能找到二三十个鱼穴,大约60厘米宽,15厘米深,水草被它们清理干净,河沙也被拱到边缘围成碗形,想必花费了不少力气。初夏时分,有时还能看到它们辛勤孵卵。为保证卵不受惊扰,需要不断驱赶米诺鱼[1]和其他大鱼,甚至包括自己的同胞。将入侵者逐出几米远后,它们要迅速绕圈赶回到穴中,否则立刻就会有米诺鱼如同小鲨鱼般闯进空巢,吞吃附在水草和向阳面河床上的鱼卵。面临重重危机的卵只有很少一部分能孵化成鱼。除了天生就是鸟类和其他鱼类的猎物,很多巢穴由于建在岸边浅滩上,水位减退后,要不了几天就会被晒干。我只观察过这种鱼和海七鳃鳗的巢穴,但有时也发现有一些其他鱼的卵漂在水面。淡水太阳鱼照料起卵来全心全意,你尽可以下水站在近处仔细观察。有一次我这样观察了足足半个小

---

[1] 米诺鱼,泛指几种鲤科鱼的幼鱼。

时，亲昵地抚摸它们，以至于吓到它们，让它们轻轻啄咬我的手指，用手靠近鱼卵，看它们怒气冲冲立起的背鳍，甚至托起它们暂离水面。不过，不管身手多敏捷，都不能贸然出手，因为包裹它们身体的高密度物质（水）会立即传达警告，只能让手指逐渐靠近，将它们托于掌心，用最轻柔的动作慢慢抬起再离开水面。即使身体不动，它们仍在不停地划动鱼鳍，极为优雅地表达它们的惬意。和我们不一样，它们栖身于河中，时刻遭遇水的阻力。它们不时啄咬河底或垂在巢穴上的水草，或是冲出水面追逐飞蝇或蠕虫。背鳍的作用可以类比船的龙骨，与肛门部位配合，可以保持鱼身直立，若是在浅滩，河水不足淹过背鳍，它们便只能倒向一侧。当你俯身观察巢穴里的太阳鱼时，可以看清它们背鳍和尾鳍上独特的暗金色光泽，它们突出脑部的眼睛是透明无色的。在自然生存环境中，这是一种非常漂亮健壮的鱼，身体的每一部分都堪称完美，仿佛一枚新铸造的闪亮硬币。它是康科德河里的宝石，侧身绿色、红色、紫铜色和金色的反光斑斓杂陈，将努力穿透浮叶和花朵间的缝隙，照射到沙质河床的光线聚集一身，与阳光下的棕色或黄色卵石相得益彰。在河水的庇护下，它们远离人类生活诸多不可避免的灾难。

根据阿加西[1]的研究，我们这条河里还有一种鳃盖上没有红色斑点的太阳鱼尚未定种。

河鲈，又叫黄金鲈，这个名字形象地描述了这种鱼出水时金光闪闪的鳞片。在空气这种稀薄介质中，它陡然支起的红鳃堪称本地鱼中最美观、最规整的造物。此时此刻，我们想起看过一张图片中的鲈鱼，它渴望着回归原生环境，在那里长成大鱼，但实际情况是，多数河鲈未到成长期的半程就被捕捉。池塘里生活着另一种色泽较浅、体形细长的鲈鱼，千百条聚集成群，在阳光照耀的水面下游弋，与鳊鱼相伴而行。它们体长平均15-18厘米，只有为数不多的大鱼会游到深水区，在那里捕猎弱小的同类。我经常趁夜色将手指伸进河水搅起涟漪，将这些小鲈鱼引到岸边，然后待它们游经双手之间时抓住它们。它们固执又粗心，凭一时冲动张口就咬，连轻啮试探都没有，要么冲动咬钩，要么完全无视游过。它们喜欢清水沙底，但在这里没有太多选择。这是一种真正的鱼，在阴凉的午后，垂

---

1 路易斯·阿加西（Louis Agassiz，1807—1873），美国瑞士裔著名自然科学家，主要从事冰川与鱼类研究。

钓者喜欢将它放进鱼篓或是悬在柳枝头，沿着河岸一路晃悠。他清点过太多货真价实的鱼，也有太多鳊鱼被他挑出来丢弃。老乔塞林[1]在他1672年出版的《新英格兰的稀世珍宝》中，也曾提到河鲈以及红翅鸫鸪。

红色和白色的小眼须雅罗鱼，也叫奇文鱼、鲦鱼、鳟鱼表亲，或者其他五花八门的名字，捕到它总是让人惊喜，它的罕见让每一位垂钓者都乐于下钩试试运气。对它，我们有许多遇上起风无功而返、在湍急的溪水边失望徘徊的回忆。这种鱼通常身披银色软鳞，优雅、斯文，样貌周正，和英国图书里画的鱼一个样。它喜爱急流和沙质河床，咬钩不那么积极，但也并非对鱼饵不感兴趣。冬季里，它们的小鱼被用来钓狗鱼。据说红雅罗鱼只是较为年长，和银色的是同一种，也有人认为是因为它们生活的水域水色较深导致鳞色变化，好比一朵飘在暮色中的红云。没钓到过红雅罗鱼的垂钓者称不上真正的渔人。在我看来，其他鱼都有些许两栖属性，小眼须雅罗鱼却是彻头

---

[1] 约翰·乔塞林（John Josselyn，1608—1675），英国医生，曾两次远航至新英格兰。《新英格兰的稀世珍宝》（*New England's Rarities*）是第一本记载新英格兰地区动植物、美洲原住民医药配方和其他自然知识的书。

彻尾的水中居民。湍湍急流中，浮子在水草与河沙间上下舞动，巧合总是来得猝不及防，还来不及收入记忆，这种美丽非凡的异世界造物就突然出现在眼前，它是我们只听说过，却从未见过的事物，仿佛水中漩涡的即兴产物，名副其实的奔流之子。这耀眼的铜色海豚就在你故乡的土地上，在你的脚下孵化、生长，度过一生。和鸟、和云一样，鱼的铠甲也来自矿物。我听说鲭鱼会在特定的季节到访富含铜的水岸，这种鱼的栖身地或许就在铜矿河里。我曾在阿波杰克纳杰西克河捕到过硕大的白雅罗鱼，那条河汇入卡塔丁山脚下的佩诺布斯科特河，但那里没有红雅罗鱼，对后一种鱼的观察似乎不够充分。

雅罗鱼是一种微泛银光的小鱼，通常出没在溪流中央，因为那里的水流最为湍急。人们常把它与前面提到的白雅罗鱼混淆。

金体美鳊鳞软体柔，是周边强壮邻居的捕食对象，不挑水的深浅清浊，几乎存在于每片水域。在咬饵速度上，它们通常名列前茅，但由于嘴小，喜欢啄食，并不容易上钩。它们穿梭在水流中，看上去只是一小片金色或银色，嬉戏或逃跑时，柔韧的尾部在水面轻点出圈圈涟漪。我见过它们的幼鱼，被落水物体惊吓时，数十条小鳊鱼和小雅罗鱼一起跃出水面，然后齐齐摔在一块漂在水面的木板上。它们是河中小小的稚儿，以金色或银色的鳞片为甲，一摆尾便溜走逃生，半身在水里，半身露于空气中，划动的鱼鳍永远冲向上游，追逐更清澈的浪花，却始终与我们这些岸上的居民并肩。酷暑中，它们仿佛要被晒得融化。我们的池塘中也有一条体态更轻盈、色泽略浅的鳊鱼。

网纹狗鱼是最敏捷、谨慎，也最贪婪的鱼，乔塞林管它们叫"淡水狼"或"河狼"，常见于河畔水浅而杂草丛生的礁湖中。这种鱼严肃稳重，思虑重，中午时潜伏在浮叶阴影下，狡猾贪婪的眼睛一动不动，如同嵌在水中的一块宝石，有时它们会缓慢地游动，寻找有利地形，一次次冲向一切看得到的不幸鱼蛙或是昆虫，一口吞下。我抓到过一条咽下了有它身体一半大的狗鱼兄弟，兄弟的尾巴还拖在嘴外，头部已经在它胃里消化了。还有游水过河去寻找更青翠的草地的斑纹蛇，往往也会在同一个胃中停止它的蜿蜒扭动。狗鱼是如此贪得无厌，行动迅猛，经常垂钓者的鱼线刚放下，它们就和线纠缠在了一起。垂钓者还能辨别出溪水狗鱼，它们比河里的短小粗壮。

云斑鲴，因为被拉出水面时发出的奇怪尖叫，有时也被叫作"牧师"。这是个无聊又粗笨的家伙，习性和鳗鲡近似，喜欢在淤泥里活动。它咬起饵来不紧不慢，似乎把这当成一番大事业。逮它们要趁夜里，往鱼线上挂上大量蠕虫，它们会用牙咬蠕虫，有时一钓三四条，还外带一条鳗鲡。云斑鲴生命力极强，头被剁下后，嘴巴一开一合还能持续半个小时。这是一种残忍又爱恃强凌弱的散兵游勇，居住在肥沃的河底，枕戈待旦，时刻准备与近旁邻居大战一场。夏季时，我观察过它们，几乎每两条里就有一条背上有长疤，血肉模糊，皮都被掀去，恐怕正是它们激战的印记。它们的幼鱼不到2.5厘米长，有时密密麻麻大量聚集在一起，连河岸都被染成一片乌黑。

亚口鱼分两种，一种普通，一种脑部有突起，它们也许是本地平均体形最大的鱼，进行神秘的洄游活动时，阳光下可见上百条聚集成群，几乎堵住整个河道，有时也会吞食失意的渔夫丢弃的鱼饵。前一种有的能长到很大，在小河中就能徒手抓到，或者和捕红雅罗鱼一样，将鱼钩紧紧系在一根棍子末端，放到鱼下巴下，猛地一拉就带起一条。只垂钓的人几乎见不到这种鱼，它们不常咬饵，但在春季用鱼叉可以满载而归。对我们这些乡下人而言，亚口鱼群新奇又壮观，让我们见识到海洋的丰饶。

据我所知，欧洲鳗是马萨诸塞州仅有的一种鳗鲡，滑溜溜的，时刻都在扭动，它们栖身泥沼，即使被放进煎锅也还在扭动，不管用鱼叉还是鱼钩都能成功捕获。我发现，洪水退去后，在很多地势较高的干燥草地上都能找到它们的身影。

河流的浅滩处，水流较急，河床上布满卵石，有时可以在这些地方看见海七鳃鳗那奇特的环形巢穴。海七鳃鳗又叫美洲吸石鱼，巢穴和马车车轮一般大小，高 30-60 厘米，有些高出水面约 15 厘米。之所以被叫作"吸石鱼"，是因为它们会用嘴收集鸡蛋大小的石子，而那些环形巢穴据说是用尾巴砌成的。它们能紧贴石壁攀爬瀑布，有时搬开一块石头就能带起一条尾巴缠在上面的海七鳃鳗。人们从不见它们顺流而下，捕鱼人说它们从不回头，宁可就此日益衰弱直至死去，尸体依然久久攀附在岩石和树干上，这悲剧性的河底一幕足以与莎士比亚笔下的海底世界相提并论。由于受水坝影响，如今我们这一带水域中已经很少见到海七鳃鳗了，但在洛厄尔的河口处还有大量存在。它们的巢穴如此醒目，比河中任何一处更像艺术品。

今天下午如果有空，我们可以划着船去探索几条小溪，看能否找到鳟鱼和米诺鱼。根据阿加西的记录，本镇发现的几个米诺鱼品种尚未定名。我们也许能让康科德河水域的鱼类兄弟们的清单更完善一些。

这里以前盛产鲑鱼、河鲱、灰西鲱，印第安人用鱼梁筑堰捕鱼，还教会了白人，让它们成为白人的食物和肥料。后来有了水坝，再后来比勒利卡有了运河，洛厄尔造起了工厂，彻底阻断它们洄游至此，虽然有人认为此段河流中偶尔还能找到几条力争上游的河鲱。关于渔业被破坏的缘由，有一种解释是：当时代表渔夫及鱼类利益的人只记得惯常捕捞成年河鲱的时间段，于是规定水坝只在渔季放水，这样一来，渔季过后一个月才开始洄游的幼鱼被阻挡在坝外，大量死亡。也有人归因于水坝的鱼道建得不合理。如果鱼类有足够的耐心，或许几千年以后可以去别处度夏，在此期间，大自然会夷平比勒利卡水坝和洛厄尔的工厂，草地河会恢复清澈，新的洄游鱼群会溯河而上，甚至远至霍普金顿湖和韦斯特伯勒沼泽。

划了很久，我们才从鲍尔斯丘到达卡莱尔桥。面朝南坐时，已经能感受到北方吹来的微风，尽管如此，河水还在流，草还在长。经过卡莱尔和贝德福德之间的桥时，有农人在远处的草地割干草，他们的头一起一伏，应和着手下的草。远方的风似乎让一切都折下了腰。夜色不知不觉地降临，如此清风拂过草地，每一片锋利的草叶都被灌满了生机。水中倒映的云彩逐渐变成淡紫色，沿岸牛铃声叮当，我们像两只狡猾的水鼠，悄悄靠近岸边前行，一路寻找扎营之地。

又划了差不多 11 千米，到达比勒利卡，我们终于将船停靠在河西岸的一片略高的空地旁。春天时，此处是河中的一个小岛。我们发现这里的灌丛中还挂着美洲越橘果实，仿佛特地推迟了成熟期等待我们享用。面包、糖，还有加河水煮沸的热可可就是我们的晚餐，我们在水上畅饮河上秀色一整天，晚餐喝下河中水安抚河神，更兼让我们视觉清亮，以待欣赏后续美景。太阳已经下山，暮色叠加上我们所在高地投下的阴影，让夜色更加浓重。等到夜幕彻底拉上，世界似乎在不知不觉中变亮了些，一栋孤零零的农舍在远处显露出身形，之前它完全隐没在正午的光影中。视线所及,不见其他房屋,也不见开垦过的土地。左右都是凌乱的松林,羽状排列的树冠映在天空,一直延伸至地平线。河对岸是起伏的山丘,山上覆盖着灌木栎,林间葡萄和常春藤缠绕,迷宫一般的丛林中零星露出几块灰色岩壁。这些岩壁和我们相距约400米远,抬眼望去,树叶的沙沙声仿佛就在耳边,荒野上草木枝叶繁茂如斯。这是半人半羊的牧神和森林之神的领地。蝙蝠日间悬在岩石下,夜里掠过河面;草丛林下,萤火虫的光在夜色中恰到好处地闪烁。我们在山脚搭好帐篷,距离河岸几竿之遥,然后坐下来,透过三角形的帐门,看得见我们岸边的船桅,在暮色中显得形单影只,桅顶刚刚超过桤木林,还随着河水的荡漾摇晃。它是贸易时代对这片土地的首次入侵。这是我们的港湾,我们的奥斯蒂亚[1]。水面和天空映衬下的这根笔直的几何线条是文明生活的最后一丝精致,历史的庄严与崇高在它身上凝聚。

夜里几乎没有可感知的人类活动,听不到人的呼吸,

---

[1] 奥斯蒂亚,罗马时代的国际港口,在罗马帝国的黄金时代发展成拥有10万人口的大城市。

只有风的气息。我们坐在帐中，陌生的环境让我们难以入眠，耳边不时能听到狐狸踏过枯叶、拂过帐篷附近被露水打湿的草叶的声响，还有一只麝鼠在我们船上堆放的马铃薯和甜瓜中折腾，等我们匆匆赶到岸边，却只看见水面的涟漪将孤星的倒影漾成一层层光环。时不时地，睡梦中有麻雀或是猫头鹰的哑叫为我们唱起夜曲。但每一种声音在我们身旁打破夜的寂静后，每一次细枝的"咔嚓"，每一次树叶的"沙沙"过后，接踵而来的都是突然的停顿，随之而来的是更深沉更实质的寂静。闯入者仿佛知道，此时此刻，任何生命都不该外出。

据我们判断，今夜洛厄尔那边发生了火灾，我们望得见地平线的火光，听得到遥远的警铃，仿佛林中自带的细微叮当声。但夏夜里最挥之不去，也最难忘的声音是家犬的吠声，此后每晚我们都能听到，虽然不像现在这样没完没了，也没这么充满温情。从最吵闹最嘶哑的吠叫，到天底下最细微的空气颤动般的呜咽，从急切但仍保持着沉稳的马士提夫獒犬到胆小警觉的狻犬，一应俱全。它们先是洪亮而急促，然后变得低声而懒散，最后变得仿佛耳语呢喃——汪——汪——汪——汪——喔——喔——呜——

鸣。即使身处荒无人烟之境，在夜里听到这声音就足够踏实，它比任何音乐都动人。我听过猎犬的吠叫，天还没亮，星辰还在闪烁，那声音越过森林与河流，从遥远的地平线传来，悠扬悦耳，如同乐声。也许正是猎犬在地平线上追逐狐狸或别的动物时的吠声给人启发，从而发明了猎号以替换犬吠，减轻猎犬肺部的负担。早在猎号发明前，自然界的号角就已在远古世界的森林中回响。多少个夜晚，正是那些在农舍院子里对着月亮阴沉吠叫的狗激起我们胸中的英雄气概，远胜这个时代的所有文明布道和战争动员。"我宁愿做一只狗，对着月亮吠叫"[1]，也不愿做许多我知道的罗马人。这夜晚同样蒙受公鸡啼鸣的恩惠，它带着清醒的希冀，从落日西沉时分就早早催促着黎明到来。所有这些声音，鸡鸣，犬吠，正午时昆虫的嗡嗡声，都在证明大自然的健康与完满。这便是语言无尽的魅力与精准，是世上最完善的艺术，是时间花费千年雕琢成的杰作。

　　终于，时近破晓，睡意方浓，一切声音都无法再入我

---

[1] 引自莎士比亚（William Shakespeare，1564—1616）《裘力斯·恺撒》（*The life and death of Julius Caesar*）第四幕第三场。

们的耳朵。

　　昼伏夜行,
　　不见神灵只见妖。

星期日

清晨,浓雾覆盖了河流与周边的乡野,我们的炊烟在雾中袅袅升起,犹如稀薄静止的水汽。没划出多远,太阳就出来了,雾迅速消散,只剩薄薄一层水汽缭绕在河面上。这是一个宁静的星期日早晨,曙光里的玫瑰色和白色调盖过了金色,它仿佛属于人类降生前的某一天,依旧保有蛮荒时代的正直。

但清晨留下的印象随着露水消散,哪怕最"锲而不舍的凡人"[1]也无法将新鲜记忆保持至中午。我们背朝下游,

---

[1] 语出爱默生(Ralph Waldo Emerson, 1803—1882)引用的波斯拜火教创始人琐罗亚斯德(Zoroaster, 约前628—前551,又译查拉图斯特拉)语录。

划过形形色色的岛屿，或者说因为春天涨水时才变成岛屿的高地，给它们一一取了名字。昨晚的扎营地我们叫它"狐狸岛"；还有一座林木深秀，深水环绕，葡萄藤蔓延的岛屿，远远望去一片青翠，好似一捧花束抛于浪间，我们叫它"葡萄岛"。鲍尔斯丘到比勒利卡教堂段的河面有康科德段两倍宽，水深、色暗、波澜不兴，两旁是低矮山丘和几处陡岸，一路树木葱茏。这段可以说是一片狭长的林地湖，岸边皆是柳树。划了很长一段，我们没发现房屋或耕地，人影也没见。我们靠着浅岸前行，茂密的水葱丛将河面约束成一条笔直的水道，齐整得仿佛剪刀裁出，让我们想起在书上看到的东印度群岛的芦苇堡。河堤逐渐升高，草叶和各种蕨叶悬于水面，十分优美，尤其是蕨类植物毛茸茸的茎干密集成簇，光裸无叶，看上去就像瓶中插花，但顶部的叶片却能覆盖河两岸数英尺。柳树的枯枝旁缠绕着假泽兰，将树木丛生的河岸每一个缝隙都填满，与支撑它的灰色树皮和风箱树的球果形成悦目的色彩对比。长至完全形态的大猫柳可称为这一带最曼妙轻灵的树，一丛丛浅绿的叶片层层堆叠达6-9米高，几乎将略带灰色的树干与河岸挡得严严实实，恍如漂浮于水面上。再没有别的树像它们这样与水不可分隔，和平静无波的河面相得益彰。它们的优雅甚至胜于垂柳或其他垂枝树木，后者的枝条只是轻轻点水，不能被水托升；猫柳的枝干却呈向上的弧度沿水面伸展，似乎深受水的吸引。它们不像新英格兰的树种，反而深具东方气质，让我们想起整饬的波斯花园和东方的人工湖。

我们一路点水而行，穿行在一蓬蓬枝蔓横逸的葡萄和一些小型开花藤本植物的鲜绿枝叶间，河面平静，空气和水清澈通透，翠鸟或知更鸟掠过河面时，水中映出清晰的倒影。它们像在水下丛林间穿梭戏水，在柔波间落脚，清脆的鸣叫也像来自水下。我们分不清是水浮起了陆地还是陆地包容着水。值此佳期，只能用一位康科德诗人泛舟河上时写的诗颂唱它的静谧之美。

河流里面传出声音

将它的灵魂送达倾听者的耳朵，

它平静自得地流淌，

以智慧和自尊待人。

所有遐思列在它清澈的胸膛，

优美的碧树也在它的心上,

安详的臂膀里,灰岩在微笑。[1]

他作的颂歌还有很多,但对于本书过于严肃了。我们知道,生长在山顶的每一棵橡树、桦树,还有榆树和柳树,在它们的本体之外,都有一棵优美缥缈的理想之树一起从根部萌芽,和它们共同生长;每逢涨潮,大自然就将镜子搬到它们脚下,让那棵理想之树显现。

此时此刻,寂静强烈得有如实体,大自然仿佛也在过安息日,让一切都停了下来,我们不禁幻想,人间的清晨莫非正是天国的夜晚?空气如有弹性,又如此剔透,透过它看到的自然景物犹如镜中图画,平添几分不真实的疏远与完美。景物被镀上一层柔和宁静的光,林地与树篱分布得更均衡匀称,原本崎岖的原野变得顺滑如修剪过的草坪,向地平线延伸开去,精致的云朵犹如精心搭配的帷幕悬在仙境上方。这个世界像在为了某个节日或盛大庆典盛装打扮,河流就是它舞动的丝带,当果树开花,生命历程

---

[1] 引自钱宁(William Ellery Channing, 1780—1842)的诗《河》(*The River*)。钱宁是梭罗好友,著有传记《梭罗:自然主义诗人》(*Thoreau, The Poet-Naturalist*)。

像那原野上迷宫般的绿色小道，在我们面前蜿蜒展开。

搅碎了如镜水面，我们的船不免有些粗鲁。每根细枝、每片草叶都真实映照在水面上，真实到任何绘画都难以再现，能放大升华自己的只有大自然本身。最浅的静水都深不可测。有树木和天空倒映的地方，水比大西洋更深，我们尽可以放任想象力驰骋，绝无搁浅之险。我们发现，要想看到倒映的树木和天空，而非仅仅是河底，需要拥有更天马行空、更抽象的另一只眼睛。此外，同一物体在不同方向上的映象也不同，最不透明的表面也能反射天空。有人天生对某些事物独具慧眼，有些人的慧眼只为其他事物而生。

我们近旁，一叶小舟载着两人荡漾在树林倒影间，它像悬在半空的羽毛，又像一片被轻风吹离枝头的树叶，正面朝上稳稳当当地飘落在水面，似乎还很鲜活，可以巧妙地驾驭自然法则。他们漂在那里就是自然哲学美妙而成功的例证，看它的航行就像看鸟儿飞，看鱼儿游，他们操纵船的技巧在我们眼里近乎崇高，这让我们认识到，人类活动可以更美好、更崇高；艺术或自然的作品纵然很好，人类生活的生态之美可能也毫不逊色。

太阳停留在古老的灰色峭壁上，每一片浮叶都在反射它的光芒，水葱和黄菖蒲似乎在享受这美妙的光和空气，草地在悠闲小酌；青蛙在打坐冥想，满脑子安息日的沉思和这一周的活动总结，它一趾搭在芦苇秆上，打量着周身的奇妙宇宙；鱼儿则更沉静稳重，像去教堂路上的少女；金色和银色的米诺鱼浮上水面来仰望天空，转头又没入昏暗的廊道；它们整齐划一地扫过，身体相互交错，队形却始终不变，就好像仍停留在鱼卵期，被一层透明膜包裹在一起；一群兄弟姐妹在尝试它们的新鳍，时而绕圈，时而又冲向前，我们把它们往岸边赶，切断它们的队形，它们便灵敏地调整方向，从船底下绕过去。老木桥上已经很久没人走过，河水和鱼毫无顾忌地在桥墩间穿行。

树林后方不远处的村庄就是新兴的比勒利卡。这里的孩子都是这片曾经的"咆哮旷野"上第一批拓荒者的后代，然而就建城意图和目的而言，这里和费尔内[1]或曼托

---

1 费尔内，法国古城。

瓦[1]那些灰色老城一样古老，人们在那里变老，长眠的墓碑上已是青苔覆盖——他们已经不再有用。比勒利卡垂垂老矣，它的名字来自英格兰的比勒里凯，印第安名字叫肖夏恩。我未曾听闻它青春年少时的故事。这里已经衰败，农场不再生产，教堂破旧，年久失修，这难道不是自然规律吗？如果你想了解它的青春，尽管去问散落在牧场上年代久远的灰色岩块。村里有一口钟，它的声音有时能穿透康科德的树林。我曾听过——不，我现在正听到钟声。无怪乎当年人们把这口钟挂在树上摇晃，让钟声穿透白人种植园外的森林，惊醒睡梦中的印第安人，吓跑他的猎物。但现在，我还是更喜欢它在悬崖和林木间的回响，那是它的原声，而不是拙劣的模仿，又像某位乡间俄耳甫斯[2]再度拨动琴弦，告诉我们它的声音该是怎样。

这条路的另一头通往森林之城卡莱尔，那里尽管不够开化，但它更具自然气息。地球的那一块被照顾得很好。我知道有人嘲笑它小，但那是一个随时都可能出伟大人物的地方，赞美和污言对它都无所谓。镇中心有教堂，有马

---

1 曼托瓦，意大利古城。
2 俄耳甫斯（Orpheus），古希腊神话中的诗人与歌手，善奏竖琴。

舍，有酒馆和铁匠铺，还有大片木材可供砍伐和堆集。

历经多年选择与淘汰，住在比勒利卡的人家大多家境殷实，至少对许多市政职员来说如此。某年春天，一个白皮肤的人来了，给自己造起房子，垦出一片土地，让阳光照到地面，把土晒干，建起农场，又用年代久远的灰色岩块砌成围墙，砍掉住所周围的松树，播下故国带来的果树种子，让代表文明的苹果树在松树和杜松旁开花，甜香弥漫四野。那些老树桩依然存在。他从林间与河畔挑选出雅致的榆木，把自己的屋舍装饰得精致平滑。他冒昧地在河上架起桥梁，派人闯进河边草地，在那里收割野草，掀开河狸、水獭和麝鼠的家园，磨刀霍霍，吓跑了鹿和熊。他建起一座磨坊，处女地变成了种植英国谷物的农田。和谷物一起撒下的，还有蒲公英和野三叶草种子，让他的英国花卉点缀在原生野花间。直立的牛蒡、芬芳的荆芥和不起眼的蓍草在他的林间小道旁自生自灭，以自己的方式寻求"崇拜上帝的自由"[1]。就这样，他种出了一个小镇。白人的

---

[1] 引自费莉西亚·赫门斯（Felicia Dorothea Hemans, 1793—1835）《清教徒先祖在新英格兰登陆》(*The Landing of the Pilgrim Fathers in NewEngland*)。

毛蕊花很快占领了印第安人的玉米田，英国香草铺满了新的土地。可红皮肤的人该去何处立足？蜜蜂在马萨诸塞的树林间哼唱，在印第安人的小棚周围吸吮花蜜时，人们还不以为意，然而它刺痛了红孩子的手，那是预言般的警告，预告一个勤劳部族的先驱即将到来，将要把他的种族像拔野花一样连根拔去。

那个白人来了，白似破晓的天光，带着无数奇思怪想，沉睡的智慧即将如火山一般爆发，他明白自己懂得多少，不猜测，只计算；他擅于成群结社，服从权威；他是经验丰富的人种；他具备极其广博的常识；他无趣但能干，迟缓但坚韧，严苛但公平，不懂幽默但真诚；他是劳动者，看不起游戏和娱乐；他造的木房子非常牢固；他从印第安人手里买鹿皮靴和篮筐，再买下印第安人的猎场，最后让印第安人连葬身之地都忘却，只有耕犁掘出他们的骸骨。这个镇的编年史文献，老旧、破烂、被岁月与风霜侵蚀，里面画的一支箭、一只河狸也许都是印第安酋长的标记，他出售了自己的猎场，寥寥几个字却能致命。白人带来了一串古撒克逊、诺曼底和凯尔特人的名姓，将它们散播在河流上下——弗雷明翰、萨德伯里、贝德福德、卡莱尔、比勒利卡、切尔姆斯福德——这里叫新盎格鲁兰德，这些是新西撒克逊人，但红皮肤们不叫他们盎格鲁人或英国人，他们叫"延基斯"，后来演变为"扬基"。

我们的对岸正对比勒利卡的腹地，两侧是一派英格兰式的柔和与整洁的田野，沿河的灌木林外是村教堂的塔尖，时而有一片果园延伸至河边，但总的来说今天上午的航程是这一路最原生态的一段。看得出此地人的生活宁静又文明。他们是简简单单的土地耕种者，政府管辖组织得法。镇上的学校建筑谦逊得体，似乎在祈求战争和荒蛮生活的永久结束。每个人基于自身经验或是以史为鉴，发现人们在种植苹果、营造花园时代的生活与在狩猎和森林中的一生有着本质差异，从任何一种转换至另一种都不可避免有所损失。我们都有白日梦，也会有更具前瞻性的夜间洞见，但说到农事，我相信我的天赋源自远古，而非农耕时代。至少我能随心所欲地挥动铁锹，把它准确地插进土里，就像啄木鸟将喙插进树干。我想，这是我的天性，对一切荒蛮心怀渴望。我不知道自己有什么可取之处，但对某些事物怀有真挚的热爱，倘若在外受到斥责，我还可退守这块土地。犁于我有何用？在你未顾及的地方，我又开出另一条垄沟。它不在牛要去的地方，在更远处；它也不在牛行过处，在更近处。哪怕玉米歉收，我的玉米却不会，那么干旱和雨水又与我何干？粗鲁的撒克逊先驱偶尔也会怀念属于英国的高雅与粉饰之美，彭特兰、莫尔文高地、多佛悬崖，还有特罗萨克斯隘道、里士满、德温特以及维南德米尔，这些发音悦耳的典雅地名深得他的喜爱，对他来说，这些名字就是他的雅典卫城、帕特农神庙[1]，是巴亚[2]，是海堤护卫的雅典、阿卡迪亚[3]和坦佩[4]。

前面说过，康科德河平静如死水，对沉思的旅行者而言，河上风光更能引发思绪，而当前的河水则比书本更引人遐思。抵达比勒利卡瀑布前，河面收窄、水流加速、水深变浅，河底的黄色卵石历历可见，运河船几乎无法通过，让上游方向宽阔停滞的河段如同群山包围下的湖泊。从康科德、贝德福德、比勒利卡草地一路行来，除了在部

---

1 帕特农神庙，雅典卫城的主体建筑。
2 巴亚，古罗马名城，位于那不勒斯湾，因火山活动沉入海底。
3 阿卡迪亚，希腊南部地区，常用来指代世外桃源。
4 坦佩，希腊奥林帕斯山南部峡谷的古名，传说是"阿波罗和缪斯喜爱的去处"。

分支流小溪汇入段落，我们几乎没听到过潺潺水声。

现在，我们终于听到这条朴实沉默的河流像所有小溪一样，向着瀑布奔流。在比勒利卡瀑布上方，我们离开河道进入运河，运河与其说流动，不如说被引导前行约9.6千米，穿过树林，在米德尔赛克斯进入梅里马克河。我们不想把时间消磨在这段行程上，便一个人套上绳索沿纤道拉船，另一个撑篙避免船蹭到岸边，只用了一个多小时，我们就走完了整段路。这是全国最古老的一条运河，和旁边现代化的铁路相比，甚至可以说颇有古风。运河引自康科德河，因此我们仍漂流在熟悉的河水上。运河水量相当大，甚至可以做商业用途。眼前景物有些突兀，因为运河与它流经的树林和草地在年代上不一致，我们仍需借时间之力，让陆地与新水道自然地和谐相处；随着时间的流逝，大自然会自我修复与代偿，在运河两岸一步步种上相称的灌木和花草。临河的松树上已有翠鸟立在上头，太阳鱼和狗鱼也已经在水下游弋。如此，一切出自建筑师之手的工程都要转到大自然的手里才能最终完善。

这是一段僻静而宜人的路线，一路不见房屋和旅客，只在切尔姆斯福德看到一座桥上有几个年轻人。有人俯在栏杆上放肆地打量我们，我们回之以坦然直视，直到把他盯得尴尬起来。我们的眼神并无丝毫杀伤力，令他丢盔弃甲的，是他留存在心中的羞耻心。

"眼神如刀"。这是一个确切且极具表现力的短语。匕首最初的样式和雏形一定来自那锐利的一瞥。首先是朱庇特的一瞥，接着代之以暴烈的闪电，然后眼神和闪电固态化，出现了三叉戟、长矛、投枪，最终，为了个人使用方便，匕首、短剑之类应运而生。这些武器精巧，一击即离，我们在大街上闲逛竟然未遭到它们的攻击实乃幸事。然而，我们极少被严肃认真地注视。

进入梅里马克河前，我们经过运河上的最后一座桥，从教堂里出来的人们站在上面看我们，他们显然惯于将外来者视为异教徒，其实这个星期日我们才是真正的观察者。

午时，我们通过了波塔基特瀑布上方的米德尔赛克斯船闸，进入梅里马克河。一个安详而开明的男人放下书本，一言不发来给我们开闸，但我们推测，星期日开闸并不在他职责范围内。我们和他的对视既恰当又平等，诚实正直的人相遇时理当如此。

眼神交会间，表达的是双方长期以来骨子里的谦恭。有言道，无赖从不正视人脸，正派人看人也从不装腔作势。我遇到过与人目光相接时，不懂何时该移开视线的人。比起在这样的遭遇中抢占上风，拥有真正的自信和大度才更可贵。只有巨蛇才靠长久的凝视征服对手。朋友正视我的脸时，他看见的只是我，仅此而已。

我们和这男人之间立刻建立起了最佳关系，寥寥数语间藏不住他对我们以及我们的旅程的浓厚兴趣。我们发现，他是个高等数学爱好者，正沉迷于某些宏大问题，走过他身旁时，我们轻声告诉他自己的猜想。这个男人向我们展现出梅里马克河般的自由，让我们仿佛已置身此次航程的入海河段，我们的小船即将漂荡在梅里马克河上，这让我们喜悦不已。我们开始忙碌地重复那些古老的艺术行为，摇橹、把舵、运桨。两条河的水流汇合得竟如此顺畅，这真让人大感意外，此前我们从未把它们联系在一起。

中午时分，我们划行在梅里马克河切尔姆斯福德至德拉克特段的宽阔胸怀中，此时河宽大约 400 米，我们的橹声回荡在水上，再传至村里，村里依稀的嘈杂声也飘进我们的耳中。这里的河港宁静如仙境，想象中的利多岛[1]、锡拉库扎[2]和罗德岛[3]也莫过于此。我们的小船像个闯进来闲逛的不速之客，轻快地掠过一幢幢屋舍，它们大概是本地贵人们的宅第，高高在上，异常显眼，又像漂浮于水上，被潮水推送到了村中。划至该河段约530米处，我们能清晰地听到岸边村舍里有孩子在朗读教义问答书；看到一群奶牛站在河中宽阔的浅滩上甩动尾巴左右鞭打着身侧，正在与牛虻大战。

两百年前，此地开展过另一场问答式教育。参加者是万纳伦塞特酋长和他的族人，我们康科德的塔哈塔万因为来瀑布附近捕鱼，有时也列席其间，他后来在家建了一所教堂。同时参加的，还有约翰·埃利奥特，他带着《圣经》和《教义问答书》，还有巴克斯特[4]所著《呼召未信者》以及其他一些已翻译成马萨诸塞人的语言的手册，来教他们基督教义。关于瓦米希特，古金在他的《新英格兰

---

1 利多岛，意大利威尼斯岛屿。
2 锡拉库扎，又译作叙拉古，古希腊城邦，位于意大利西西里岛。
3 罗德岛，古希腊爱琴海上的岛屿。
4 巴克斯特（Richard Baxter, 1615—1691），英国清教徒教会领袖、诗人。

印第安人历史文集》中写道:"此地是历史悠久的印第安人中心,他们过来捕鱼;而这个善人借机来此传播福音,捕获他们的灵魂。1674年,我和埃利奥特先生按照惯例前往这个叫瓦米希特或是波塔基特的地方,当晚抵达。埃利奥特先生要求召集尽可能多的印第安人,他要宣讲《马太福音》中关于王子婚礼的那段寓言。我们在一个叫万纳伦塞特的人的棚屋中聚集,他家离镇上约3.2千米,靠近波塔基特瀑布,紧依梅里马克河。这个叫万纳伦塞特的男子是波塔基特大酋长老帕萨科纳威的长子,冷静而严峻,年纪在50岁至60岁,对英国人一贯和善友好。"然而他们当时尚未说服他投奔基督教的怀抱。古金说,"但这一次,1674年5月6日,经过深思熟虑,他站了起来,对所有人说出如下一番话:'必须承认,我这一辈子都在一条老独木舟上度过(暗指他时常乘舟在河上穿行)。现在你们劝告我改变这一切,离开我的老独木舟,登上新独木舟,之前我并不情愿,但现在,我决定听从你们的建议,走上这条新独木舟,此后一心向上帝祈祷。'""住在比勒利卡的理查德·丹尼尔先生和其他几位有身份的人物在场,他让埃利奥特兄弟转告这位酋长,乘旧舟时或能行于静水之上，但最后逃不开死亡和灵肉毁灭。一旦登上新舟，路上纵有惊涛骇浪，都应坚持不懈，因为航程的终点将是永恒的安息。"

"我听闻这位酋长此后的确坚定不移，始终勤勉聆听上帝的教诲，而且严守安息日的规定，尽管他每次都需走约3.2千米来到瓦米希特参加安息日活动，尽管许多族人因为他臣服于福音而背弃他，但他始终如一。"

此后，据载，"在新英格兰波士顿举行的1643—1644年州议会上，1月7日，瓦萨米昆、纳叙农、库查马昆、马萨克诺米特，以及女酋长自愿（向英国人）臣服。"他们的承诺中有一条，"保证时时聆听上帝的教诲"。并被要求"安息日不得从事不必要的工作，特别是在基督教城镇内"。他们的回应是，"这对他们来说很容易，反正每天都没什么要紧事，安息日休息再好不过"。温斯洛普在他的日记中写道，"我们给他们讲解，让他们明白这些条款和上帝十诫的每一条，他们全部赞同，庄严接受，然后向州议会送呈一条长约46.8米[1]的贝串；而州议会赠给他们每

---

[1] 原著为"26英寻"，约46.8米，为便于阅读，后文将直接替换为厘米或米。

人一件用约1.8米[1]布料制作的上衣,并宴请他们,还在他们出发时送给他们的族人每人一杯白葡萄酒;于是他们告辞而归"。

他们在荒野上徒步一程、骑行一程,只为给这些水貂和麝鼠传福音,这是多么艰辛的跋涉啊!那些野兽一开始竖起红色的耳朵聆听,显然只是出于天生的好客与礼貌,后来出于好奇,甚至生出兴趣,最后终于出现了"祈祷的印第安人"。在州议会给克伦威尔的信件里写道,"工作进行得尽善尽美,有些印第安人甚至能轻松自在地自己祈祷和传教了"。

我们经过的地方曾经是古战场和猎场,一个狩猎和战士民族的祖居地。他们砌的石堤,他们的箭镞、短柄斧,还有白人到来前用来捣玉米粉的杵和臼,都被埋在河底淤泥下。他们出色的捕鱼技能,他们的捕鱼宝地仍在人们口中流传。历史学家需要尽快拼出故事的全貌。他从蒙塔普迅速到了邦克山,从熊皮、烤玉米、弓箭变成瓦屋顶、麦田、枪炮和刀剑。捕鱼季时印第安人暂住的波塔基特和瓦

---

[1] 原著为"2码",约1.8米,为便于阅读,后文将直接替换为厘米或米。

米希特现在是美国的曼彻斯特、纺锤之城洛厄尔，它出产的棉布行销全球。我们这些年轻的航行者也已在切尔姆斯福德村度过了大半生，我们现在听到的钟声早年只是从北方隐约传来，那时庞大的纺织城还未正式诞生。我们这么大了，城市还这么年轻。

就这样，我们经由无数山谷之水汇聚的洪流进入了新罕布什尔州。河流是走通这座迷宫的唯一钥匙，它将沿岸山峦和峡谷、湖泊与溪流按自然排列的顺序和位置一一呈现。梅里马克河，也叫鲟鱼河，由起源于怀特山脉峡谷附近的佩米杰瓦塞特河与来自同名湖泊的温尼皮修吉河汇聚而成，温尼皮修吉的意思是"大神的微笑"。河水从两河交汇处往南流约 125 千米进入马萨诸塞州，然后东行约 56 千米入海。我曾从高耸入云的怀特山脉岩石中汩汩冒泡的源头启程，一路追随它的行踪，一直目送它消失在普拉姆岛海滩的咸水巨浪中。一开始，它在宏伟而僻静的山谷里哗哗流淌，穿过湿润的原始森林，汲取树木的汁液，现在还有熊在那里喝水，拓荒者的木屋稀稀拉拉；河上瀑布尚不为人知，还属河流的私藏。它流过绵延的桑威奇和斯夸姆山脉，山峰沉睡如巨人的坟墓，穆斯希洛克峰、黑斯塔克峰和卡萨吉峰倒映在水面；槭树和覆盆子这些爱山者在温和雨露中茁壮繁茂——它悠长又深厚，却像它的名字佩米杰瓦塞特一样难以翻译；它流经牧场遍野的皮力翁山和奥萨山，无名的缪斯在那里游荡，山之女神俄瑞阿得斯、树神德律阿得斯和水之女神那伊阿得斯给予它呵护，一汪汪无人品尝过的赫利孔山灵泉[1]被它纳入怀抱。这里有土、气、火，还有水[2]——是的，这就是水，它降临在人间。

它一路倾泻，从不因为落差太小气馁。它生来就无法停下脚步，因为它出自云端，从山洪开辟的绝壁之侧飞流直下，越过河狸坝时，水流被打散，但并不破碎，只是分割成绺再度聚合，最后才在低地觅得喘息之所。于是，它不用再惧怕会被阳光盗走藏于天上，无法奔流到海，甚至被特许在每个黄昏将露水连本带息收回自己的怀抱。

托载起我们的，已经是斯夸姆湖、纽芬德湖的湖水，

---

[1] 赫利孔山灵泉，在希腊境内，是缪斯的圣泉，诗歌的灵感源泉。
[2] 古希腊四元素说，亚里士多德认为一切物质由土（地）、气、火、水四元素构成。

是温尼皮修吉河的河水，是融化的怀特山雪水，还有史密斯河、贝克尔河、麦德河、纳舒厄河、索希根河、皮斯卡塔夸格河，以及森库克河、索库克河和康图库克河，所有这些河水混合在一起，贡献多少流量无法计算，它仍然流动、发黄的水奔腾不止，血脉中流淌着对大海的向往。

它继续奔流而下，经洛厄尔到达黑弗里尔，在这里初次经历由河到海的转变，几根船桅暴露出海洋近在咫尺。它在埃姆斯伯里和纽伯里两城之间是一段宽阔的贸易河，河面宽530-800米，两侧从崩塌的黄色堤岸变成了青翠的高丘和牧场，一片片白沙滩上，渔夫们在收网。我曾乘汽船走过这段河，从甲板上欣赏远岸的渔夫拉网确实令人心旷神怡，如同身处异国海岸的图画中。行至谷地，可以看到载满木材的纵帆船驶向黑弗里尔，有的遭遇抛锚或搁浅，只得等待风或潮的到来。最后，当你终于从大名鼎鼎的钱恩桥下划过，在纽伯里港弃船上岸。此时，这条"水源贫乏，寂寂无名"的河流在接纳了众多秀美支流后，终于如人们吟咏的福斯河[1]一般：

---

1 福斯河，苏格兰地区主要河流。

愈往下游就愈宏大,

直到力量强盛,声名显赫,

始终努力将她的名字赋予大海。[1]

对于梅里马克河,她奉献的就算不是名字,至少也是她水流的冲劲。站在纽伯里港的教堂尖顶上远眺,可见河流往上游方向延伸入乡野,白帆如林掠过水面,一派内海风光,还可以目睹那位出生在河流源头的诗人笔下的景象,"在下游河口,墨色的水流主干与水面的蓝色相混。普拉姆岛上的沙垄像海蛇般沿着地平线排成一层层圆弧,一艘艘高大的船舶静倚天际,刺破远方的轮廓线"。[2]

梅里马克河的发源地海拔与康涅狄格河相同,入海航程却短了一半,因而没有空闲和后者一样哺育出宽阔肥沃的草地,只能携着一路急流,从无数道的瀑布冲下,从不作长时间停留。它的河岸大多陡峭高耸,只有狭窄的谷地

---

[1] 引自斯特林伯爵威廉·亚历山大(William Alexander, Earl of Stirling, 1567—1640)《谏亲王书》(*A paraenesis to Prince Henry*)。

[2] 钱宁称此段引自废奴主义者纳撒尼尔·罗杰斯(Nathaniel Peabody Rogers, 1794—1846)的一封信。

延伸进山间，那里极少被淹，目前即使涨水也只没过部分，深得农人看重。在新罕布什尔州内的切尔姆斯福德和康科德之间，河面宽度在 100-377 米之间变化。由于砍伐树木造成岸土流失，多处河面可能比以前更宽。波塔基特大坝的影响远及克伦威尔瀑布，许多人将河岸侵蚀、河道淤塞归咎于它。它与我们这里的每条河一样容易涨水，佩米杰瓦塞特河更是因几个小时水位就能上涨约 7.6 米而出名。可供载货船只航行的河段约 32 千米；运河船利用船闸可从河口上行约 120 千米，到达新罕布什尔的康科德；较小的船则可以上行约 209 千米，一直到普利茅斯。铁路建成前，河上曾有小汽船往返于洛厄尔和纳舒厄间，现在在纽伯里港和黑弗里尔间还有汽船运行。

河口沙洲相对不适宜进行商业开发，那么来看看这条河是如何从一开始就尽心尽力为制造业服务的吧。它发源于法兰克尼亚的铁矿区，流经的森林尚未遭砍伐，两岸是取之不尽的花岗岩壁，拥有斯夸姆湖、温尼皮修吉湖、纽芬德湖，以及马萨比西克湖这些蓄水湖泊；它从一个又一个天然水坝上泻下，经年累月肆意挥霍自身的禀赋，直到终于有一天，扬基族来引导它进步。如果站在河口，视线跟随波光粼粼的河水一路往上追溯到它的源头，你的眼前将出现一条银色的阶梯，从怀特山脉自上往下一路奔流进大海，每一级高地上都矗立着一座城市，每一道瀑布周围都是繁忙的聚居地，住在那里的人类同河狸一样热衷于造水坝。不必提纽伯里港和黑弗里尔，只要看看劳伦斯、洛厄尔、纳舒厄、曼彻斯特以及康科德这一连串闪光的城镇便已足够。当河流从最后一座工厂旁脱身，终于可以平静而不受干扰地流向大海时，它又变回了往昔的样子，只是一条无用的河，无所牵挂，只剩盛名。笼罩河上的晨雾、运营在黑弗里尔和纽伯里港间的几艘小舟和几张风帆告诉我们那是它风光秀丽的主河道。但这条线路上真正的运货船是火车的车厢，真正的干流正在它南侧的一条铁道上奔腾，一条长长的蒸汽在群山间显露出它的路径，哪怕晨风也吹不散它，一路奔波到波士顿才注入大海。如今这里越来越喧嚣，那不是鱼鹰在吓唬鱼，而是蒸汽发动机的鸣笛在召唤一个国家奔赴前程。

这条河终究也被那个"从海上进入内陆"的白人发现，他不知道会走多远，也许本把它当作了南海边的小河湾。1652 年，梅里马克河流域经历初次勘察，范围深至温尼皮修吉湖。马萨诸塞州的首批拓荒者把往西北方向流的康涅狄格河当成了梅里马克河的干流，他们记载道，"距离大湖极近，印第安人可以搬着独木舟走陆路由湖下河"。他们认为，弗吉尼亚和加拿大之间交易的所有河狸都捕自这个湖及其周围的"骇人沼泽"，波托马克河也源自该处或是相邻区域。再往后，康涅狄格河与梅里马克河航道变得极近，拓荒者们还曾做过花费不多力气将贸易航线引入梅里马克河、从隔壁的荷兰人邻居那儿分一杯羹的美梦。

与死气沉沉的康涅狄格河不同，梅里马克河是一条有生命的河流，尽管水中与岸上的动植物较少。它的水流湍急，这一段河底的淤泥上几乎不长水草，鱼类也相对较少。但看惯前者黑如尼罗河的水的我们，不妨多一点好奇心，认真观察一下梅里马克河的黄水。只要时令一到，河鲱和灰西鲱会来到这里，但如今鲑鱼已很少见，它们一度比河鲱数量更为庞大。鲈鱼也一样，只有零星捕获，船闸和水坝对渔业的破坏在此处多少得到了证实。5月上旬，河鲱来了，结伴而来的还有盛开的梨花，早春花事里最绚烂的一景，因而被称为河鲱花。与此同时，出现的还有一种叫河鲱蝇（蜉蝣）的昆虫，密密麻麻地盖住了房屋与围篱。我们听说，"河鲱蝇闹得最厉害的时候是苹果盛花期。成年河鲱8月洄游，约5厘米长的幼鱼要等到9月。这些蝇子是河鲱特别喜爱的食物"。在康涅狄格河上的贝洛斯瀑布，一块大岩石居中将河水分开，以前这里有一种优雅又闲适的钓鱼方式，贝尔克纳普[1]记载说，"在河中岩石的陡峭一面，在梯子上绑几把扶手椅，用秤锤保持稳定，渔夫只需要安坐在椅子上用抄网捕捉鲑鱼和河鲱"。在梅里马克河源头之一的温尼皮修吉湖上，至今仍可见到印第安人用大石块修筑的鱼梁。

这些洄游鱼群必然会促进我们的哲学思考。鲑鱼、河鲱、灰西鲱、大西洋油鲱以及其他各种鱼，春天从海岸上溯渗透到万千河川中，甚至进入遥远的内陆湖，它们的鳞片在阳光下熠熠生辉；然后，又会有数量更多的鱼苗顺流而下，奔赴海洋。早在1614年就涉足这片海岸的约翰·史密斯船长写道，"只要鱼线拉得及时，转得够快，一扯就是2便士、6便士甚至12便士，岂不是项迷人的活动？""大海平静，河流无声，岛屿间和风吹拂，在此

---

[1] 贝尔克纳普（Jeremy Belknap，1744—1798），著有《新罕布什尔史》（*The History of New Hampshire*）。

放钩垂钓,不会受伤,不用花钱,还有什么消遣能比这更叫人满足?"

划至大拐弯,我们在切尔姆斯福德玻璃工厂村对面的沙岸上岸休息,顺便采了些野李子。也是在这里,我们第一次见到了圆叶风铃草,它就是诗人们笔下的蓝铃花,傍水生长,在地球两边都有分布。我们找了片沙地苹果树林,在绿荫下进午餐,这美好的安息日不受丝毫微风打扰,我们静静沉思,追忆遥远往昔,远至女神拉托纳那成就非凡的分娩。[1]

就这样,我们在这条河上一路上行,逐步调整对新事物的看法,从它平和的胸怀中看到新自然与人类的新工程,信心也渐长,我们发现自然依旧宜居,对人类依旧友好、仁慈。不必追随前人的道路,只要跟随河流,它的行进方向是我们永远可靠的捷径。幸好我们在该地区没有生意。康科德河很难被称为一条河,或是小河,勉强算是江,或是介于江与湖泊之间的形态。梅里马克河则既非小河,也

---

[1] 拉托纳(Leto),罗马神话女神,她与主神朱庇特生下双胞胎,一为太阳神阿波罗,一为月亮与狩猎女神戴安娜。

非江，更非湖泊，称为流水更为贴切，它温柔地涨水，携滚滚波涛庄严地涌向大海。它那轻快的潮水甚至能令我们共鸣，不禁想去海中探究它的前途，我们期待着它"被纳入更自由的水面"的那一刻，想必也会"波涛拍岸"。

此后，我们绕过一个长满低矮灌木的小岛，这个岛叫"兔子岛"，由阳光和海浪交替统御，荒凉得让人以为深入了冰海。我们发现身处河流较窄的一边，附近是切尔姆斯福德的花岗岩工棚和堆场，这种石料采自韦斯特福德及其邻近乡镇。

接着我们从左侧河道经过位于切尔姆斯福德和廷斯伯勒之间的维卡萨克岛。这座岛面积约 0.28 平方千米，可能还要大些。这里是印第安人的居住宝地。据《邓斯特布尔史》记载，"大约 1663 年，帕萨科纳威（皮纳库克族大酋长）的长子被捕入狱，因其族人欠约翰·廷克尔 45 英镑，并口头承诺归还。为救他出狱，他的弟弟万纳伦塞特联合维卡萨克岛上的所有人把岛卖了才还清债务"。但 1665 年，州议会又将岛还给了印第安人。

1683 年印第安人离开后，该岛作为效忠殖民地的回报被授予乔纳森·廷，嘉奖他以家为垒抵抗印第安人的行为。廷的房子离维卡萨克瀑布不远。古金在写给罗伯特·博伊尔的献词中,先是为对后者提起自己的"荒野陋地"表达歉意,他说,在1675年爆发的菲利普王战争[1]中,马尔伯勒的基督教印第安人和英国人拘捕了7名"分属纳拉甘赛特、长岛和佩科特的印第安人并送往坎布里奇,他们都曾为梅里马克河上邓斯特布尔的一位叫乔纳森·廷的先生工作约七周。战争爆发的消息传来,他们和主人结账拿钱后便擅自离去,由于害怕,他们悄悄走森林小道,打算由此回家乡"。没过多久,他们就被释放。这便是当时雇工的境遇。廷算是邓斯特布尔的首位长期拓荒者,廷斯伯勒和周边许多乡镇当时都属于该地。1675年冬,在菲利普王战争期间,有半数拓荒者搬离,但廷不仅没走,还"将自己的房子改造成军事堡垒",尽管不得不派人去波士顿购买食物,他自己则留在这片荒野中,在野蛮敌人的包围下,独自在家保卫家园。

他认为自己的位置在前线防御中至关重要,于是在

---

[1] 菲利普王战争,北美殖民地在1675年爆发的一次大规模战争,逾万名印第安人向新英格兰的英国殖民者发起进攻,后以失败告终。印第安首领梅塔科迈特被英国人称为"菲利普王"。

1676年2月向殖民政府求援。他在请愿书中谦卑地说，他的房子"是梅里马克河上最靠上游的房屋，完全暴露在敌人的视线下，不过它也因此成为眺望邻近乡镇的哨所"。只需要一点援助，他就可以为国家做出重要贡献，他说，"除了我，镇上再无其他居民"。因此，他请求"大人们调派三四个人来帮他守卫上述房屋"。援手果然到了。但我觉得，守这样的堡垒，多一个人反而削减战力。

乔纳森·廷由此获得了首位永久拓荒者的荣誉。1694年通过的一条法令规定，"任何人出于对印第安人的恐惧逃离乡镇，都视为自动放弃在该地的一切权利"。话虽如此，我多次目睹的，却是即使面对微不足道的敌人，一个人也可能出于恐惧而放弃真理和公正的前沿沃土，却没有被剥夺与此相关的任何民事权利，哪怕他放弃的是美国最好的国土。不仅如此，乡镇被交给了逃兵，而州议会，在我看来，不过是逃兵的大本营。

为避开暗流，我们围着绿荫覆盖的维卡萨克岛绕行，此时碰见两个人。看样子，他们刚在洛厄尔撞上安息日，便跑了出来，又打算转去纳舒厄，结果发现自己身处地球上一片陌生、未经开发、无人居住的土地，到处都是墙和栅栏，这对他们来说过于艰苦而荒蛮。见到我们的船在河面悠然上行，他们在我们顶上的高堤上大声呼喊，问我们能否捎上他们，语气就好像是在大街上迷了路；他们以为可以坐在船上一路谈笑风生打发时间，转眼就发现已经身处纳舒厄。这是他们想要的顺利行程。但我们船上塞满了必需品，吃水已经很深，何况还要付出额外的体力，不使劲就无法逆流而上，只能拒绝他们。我们安安稳稳地划桨离去，但命运在我们的行程上使了些小花招，直到太阳已经落到远岸的桤木林后，我们还能看见那两个人在对面岸上奔跑，又像两只虫子一般攀爬石头和倒木——和我们不同的是，他们甚至不知道自己在一个岛屿上——河水始终漠然地朝相反方向流，结果走到了岛上一条溪流的入河口，他们可能是从下面的船闸上方过来的，结果发现前方面临更大的阻碍。他们似乎在短时间内学会了不少本领，跑得像热锅上的蚂蚁，一次又一次尝试过河，想找到可以蹚水的浅水区。过了一会儿他们似乎有了什么新主意，认为靠某种古怪的肢体运动就可以过去。这次冷静的常识终于占据了上风，他们得出结论：老话必然有道理，决定还是找浅滩涉水。我们划开将近 1.6 千米远后，看见他们正在脱衣服，准备将常识付诸实践，但很快就将面临新的两难局面——他们太没脑子，将衣服扔错了地方，留在下水那一侧，如同一个同时带着玉米、狐狸和鹅上路的农民，一次只能运一样，顾此失彼。他们到底能不能安全渡河，或者说绕过船闸，我们不得而知。我们不禁感慨，对待这些人的基本需求，大自然的恩惠总是看似无动于衷，却又将同等的恩泽散布各方。她就像一位真正的施恩者，以亘古不变为行事秘诀。正因如此，即使洛厄尔已在望，脑子活络的商人还是会推出朝圣者专供商品，拐杖、临时凭证和扇贝壳应运而生。

漂泊在河流中央的我们同样逃不开和朝圣者相似的命运，被一条鲟鱼或是别的大鱼引诱，它凶残的深色脊背在河中央忽上忽下，我们记起这条河也叫"鲟鱼河"，立刻展开了追踪。我们一直在它身后，它的脊背一直露在水面，从不下潜，似乎更享受逆流而上的感觉，无论如何也不会为了摆脱我们掉头游向大海。等到我们尽可能靠近，并小心不被它的尾巴扫到，我们一个担任炮手在船头开火，一个在船尾坚守阵地，但这个披着大鱼外皮的魔鬼，连忽上忽下的游踪都未改变，没有先轻笑一声或其他前奏，抓住一个转瞬即逝的时刻向我们宣告，它不过是一根被封印的巨型桅杆，被人放在该处作为航标，用来警告过往船员小心水下的礁石。互相埋怨几句后，我们赶紧撤回到安全水域。

这出戏剧的换景工无视我们俗人看重的统一性，认为是时候结束今天的演出了。至于上演的是悲剧、喜剧、悲喜剧，还是田园剧，我们无从分辨。太阳西沉，宣告这个星期日即将落幕，只留我们还漂荡在波涛之上。但是水上的人比陆地上的人有幸享受一个更漫长而明亮的黄昏，因为水和空气一样，既能吸收也能反射光线，一段白昼似乎也沉入波涛中。光线照不进深空，也一点点放弃了对深水的渗透，暮色降临在我们身上，也降临在鱼身上，光线更为暗淡阴沉。对鱼而言，白昼不过是持续的黄昏，但对它们脆弱无力的眼睛而言已经足够明亮。一间间昏暗的水下教堂已经响起了晚祷声，水草的阴影在沙质河床上拉得很长。傍晚活动的大头鱼开始用革质的鳍轻快掠过，有鳍一族的闲谈话题已经从河流转移到了溪流和河湾以及其他私密的藏身所，只有少数强壮者坚守干流，即使在睡梦中也不放弃与潮水对抗。与此同时，我们像一片夜空中的黑云，轻轻飘过鱼儿们的天穹，让笼罩它们水底原野的荫翳变得更为幽深。

我们抵达一处僻静河段，此处水面广阔，宽达301.8米，便将帐篷扎在河流东岸，靠廷斯伯勒一边，往下是几片河滩上的海滨李林，海滨李已近成熟。河岸坡度正好做枕头，两个水手一通忙碌，将所需的储备物资从船上搬到营地，再往帐竿上挂一盏风灯，我们的栖身之所便大功告成。水牛皮铺在草地上，毯子用来盖，床也准备好了。帐篷入口前，篝火欢快地噼啪响起来，火堆挨着帐篷，我们不用出去就能照管。吃过晚餐，我们熄灭火，关上帐门，坐在舒适如家的帐篷里读《地名词典》，查询我们所在的经纬度，书写航行日志，或是倾听风声与潺潺水声，直到睡意袭来。我们头顶河岸的橡树，挨着某户农家的玉米田，沉沉睡去，不知身在何处。感谢老天，让我们每过12小时就不得不忘记自己的宏图大业。住在附近的水貂、麝鼠、田鼠、土拨鼠、松鼠、兔子、狐狸还有鼬离得虽近却对我们敬而远之。河流整晚都在贸易城镇和海岸边吞卷，声势浩大，让人无法忽视。没有了比勒利卡那一夜斯基泰[1]式的苍茫和荒野的乐声，我们被铁道线上爱尔兰劳工的喧哗声吵得睡不着。流水把喧哗声传到我们耳边，一个星期已经到了第七天，他们不仅不倦不眠，还加快了速度在铁道上跑上跑下，喊叫声不绝于耳，却依然干劲十足，直到深夜才停歇。

恶神今夜造访了我们一位水手的梦境。他梦见了所有与人类生命为敌的力量，它们束缚、压制着人类精神，在他们的道路上布满艰难险阻，让最纯粹可贵的追求显得傲慢而轻率，而诸神不与我们同在。另一位水手则愉快地度过了平静，或者说甘美，甚至非凡的一夜，他一夜无梦，如果做过梦，留下的也只有美梦的余韵，幸福酣眠一觉到天明。他的乐观精神抚慰了兄弟，因为只要他们在一起，善神[2]终将获胜。

---

[1] 斯基泰（Scythian），古希腊历史学家希罗多德（Herodotus，约前484—前425）在《历史》（*Histories*）中记载的中亚草原游牧民族。
[2] 善神（Good Genius），古罗马神话相传人有两位守护神，即善神与恶神，善神使人得救，恶神诱人自毁。

星期一

当第一道曙光照上大地，鸟儿苏醒，我们听到那勇敢的河流自信地向海洋潺潺流去，轻快的晨风将帐篷周围的树叶吹得沙沙作响，睡眠令人身心强健，摈弃了疑虑与恐惧，对未曾经历的冒险又心生向往。

为排干船上的水并洗去污泥，我们俩一个将船划到约400米远的对岸，那里地势平坦且易于上岸，另一个生火做早饭。再上路时，天光尚早。和前两天一样，我们在雾中穿行，河已经醒来，无数欢快的涟漪涌上前来迎接太阳的到来。休息了一天的村民们也开始了一天的活动，等着摆渡过河为这一周奔忙。这个渡口的繁忙程度堪比河狸坝,似乎全世界的人都迫不及待地从这个特定地点渡过梅里马克河,齐齐守在这儿准备出发——揣着用纸包好的两分钱的孩子,越狱的犯人和带着逮捕令的治安官,从远方来到远去的旅行者,被梅里马克河分隔两岸的男人和女人。灰色的清晨,一艘轻便小艇在弥漫的雾气中划行,一位失去耐心的旅行者手持皮鞭在潮湿的岸上踱来踱去,隔着大雾冲着没有反应的船夫和离去的船喊叫,当真以为船夫会把船上乘客扔下水回来接他上船,还说会补偿损失。他要去对岸某个未知的地方吃早餐。他可能是莱迪亚德人,也可能是漂泊的犹太人。雾气茫茫的夜里,不知他从何处来,阳光普照的白昼,不知他要往何处去。他寻找交通工具的这一幕让我们印象深刻,但他自己很快就会遗忘。他终日在交通工具上。他还有一个旅伴,两人同行。他们也许是维吉尔[1]和但丁[2]。但我记得他们渡冥河时,上游下游都没有人穿行。这只是短暂的旅程,如生命本身,在河上上溯下行的唯有长命的神。

---

[1] 维吉尔(Virgil,前70—前19),古罗马诗人,著有《埃涅阿斯纪》(*Aeneid*)。
[2] 但丁(Dante,1265—1321),意大利文艺复兴时期诗人,著有《神曲》(*Divine Comedy*)。

这些星期一出门的男人中，无疑有不少正在谋求新教区的牧师，他们骑着借来的马，手提箱里藏着读熟了、嚼烂了，等到第二天就没人记得的布道词。他们的行踪在全国纵横交错，如同经纬线，只要做上一件宽松的袍子，就可以每周享受六天假期。优秀的神职人员，心中要有对人类的爱，囊中要有付交通费的钱。我们划过渡口排队的人群，未作停留，从摆渡路线当中横穿而过——今天我们不用付路费。

雾已散去，天空澄澈，气候温和，我们悠闲地划着船穿过廷斯伯勒，将人类居民抛在身后，去深入探索古邓斯特布尔地区。邓斯特布尔当年是烽火前线上的小镇，1725年4月18日，赫赫有名的洛夫威尔上尉正是从这里带队出征，去搜捕印第安人。他的父亲是"奥利弗·克伦威尔所率军队中的一名少尉，移民后定居于邓斯特布尔，享120岁高寿"。一首老儿歌传唱着百年前的历史故事：

他和他英勇的战士巡遍了整个森林，

克服艰难困苦扑灭了印第安人的气焰。

他们在佩科凯特茂密的松林中遭遇"印第安叛军",浴血奋战击败了他们,残部回到家乡后享受着胜利带来的荣光。为表彰他们,州政府将一座小镇命名为洛夫威尔,但不知何故,或者就是无缘无故,这个镇的名字如今改成了佩姆布洛克。

我们英勇的英国人只有34个,

印第安叛军却差不多80人,

安全返家的英国人只有16个,

有人牺牲,有人负伤,

我们都该深深怀念。

可敬的洛夫威尔上尉也光荣牺牲,

他们杀死了罗宾斯中尉,打伤了好小伙弗莱,

他是我们英国人的牧师,印第安人纷纷死在他的面前。

我们英勇的先人消灭了所有印第安人,他们堕落的子孙却不愿在家园驻防,路上也听不到他们战斗的呐喊。如果当今众多"年轻牧师"能像"好小伙弗莱"一样拿出赫

赫战功倒也罢了。时至今日，我们仍然需要像迈尔斯·斯坦迪什[1]、本杰明·丘吉[2]或是洛夫威尔那样坚定的拓荒者。没错，我们将走上另一条道路，但那条路陷阱密布。印第安人被消灭了，可如今的开垦地上依然有冷酷的野蛮人潜行，我们又该怎么办？

他们一路克服重重危险与艰难，
于 5 月 13 日安全到达邓斯特布尔。

但实际上，"于 5 月 13 日安全到达邓斯特布尔"的并非全部，哪怕 15 日、30 日也没有全部回来。我们的家乡康科德，包括埃利扎·戴维斯和乔西亚·琼斯在内，共有 7 人参与这次战役，他们和邓斯特布尔的法威尔中尉、安多弗的乔纳森·弗莱等人都因伤掉队，只能爬回定居点。"走了几英里后，弗莱再度掉队，最终死去。"稍晚时候的

---

1 迈尔斯·斯坦迪什（Myles Standish，约 1584—1656），担任美国普利茅斯殖民地军事顾问期间曾多次领导对原住民部落的攻击。
2 本杰明·丘吉（Benjamin Church，1639—1718），美国游骑兵部队的建立者，菲利普王战争期间英国殖民者一方的英雄，1676 年率军战胜印第安人并俘虏了菲利普王。

一首诗歌中,弗莱在弥留之际有一位同伴。

> 他是一个俊俏的男人,
> 优雅而勇敢,博学而善良;
> 他离开老哈佛大学的博学堂,
> 遥远的荒野是他的葬身地。

> 啊!此刻他举起流血的手臂,
> 试图睁开合上的眼睑,
> 在死前他要再说一遍,
> 既是祈祷也是赞歌。

> 他祈求仁慈的上天赐予他们成功,
> 祈求给予洛夫威尔勇敢的士兵引导和祝福,
> 当他们舍弃血肉之躯,
> 请引领他们走向幸福。

> 法威尔中尉拉着他的手,
> 用胳膊搂住他仰躺的脖子,

他说,"勇敢的牧师,我希望
上帝让我替你去死"。

  法威尔坚持了十一天。我们从《康科德史》中了解到,"传闻戴维斯与法威尔中尉来到一口池塘边,戴维斯脱下一只鹿皮靴,将它裁成细绳,在绳上系了一个钩子,抓到几条鱼,煎着吃了。鱼让戴维斯恢复了体力,对法威尔却是致命的,没多久他便死去了"。戴维斯体内留下一颗子弹,右手也被打断,但和同伴相比,总的来说还算轻伤。随队出征十四天后,他到达贝里克。琼斯身上也有颗子弹,他同样在十四天后到达萨柯,尽管状态不甚好。"他活了下来,"一本老日志中记载,"靠着森林里的野菜和蔓越莓活了下来,他吞下的蔓越莓能从身上的伤口里漏出来。"戴维斯的遭遇也差不多。他们是最后两个回乡的人,状态虽不好但保住了性命,此后依靠抚恤金跛足生活了很多年。

  但是!那些跛足的印第安人,还有他们在丛林里的英勇事迹——他们中了多少子弹?他们吞下的蔓越莓去了哪里?哪里是他们的贝里克或萨柯?最后,他们是否拿到了抚恤金或乡镇奖赏？没有哪本日志能告诉我们。

> 据我们得到的消息，他们一堆一堆飞快地倒下，
> 只有 20 人晚上平安到家。

《邓斯特布尔史》中记载，最后一次出征前，有人告诫洛夫威尔警惕敌人的伏击，可"他回答说，他不关心那些人会怎样，随后抓住身旁的榆树苗，将它掰成了弓形，宣称要这样对付印第安人。这棵榆树如今已长成参天大树，矗立（在纳舒厄）"。

此时我们已经过了廷斯伯勒的马蹄湾，河流在此处突然折向西北。由于沉湎于思考，不知不觉中加快了划速，我们深入更内陆的乡野，也进入了日光渐盛的白昼。这一天几乎和前一天一样晴好，可风景再好也挡不住星期一的隐约嘈杂和人类活动的渗透。遇到浪花翻涌越过石块，槭树枝条探入水中之处，我们需竭尽全力绕过，好在沿岸一般都有回水或旋流，我们可以利用。此处河宽约 201.2 米，深约 4.5 米。有时，我们派一人上岸考察乡野，拜访近处的农舍；另一个独自划船上行，到远处某一点再与同伴会

合，听他讲述路上见闻：农夫怎样夸赞自家清凉的水井，他妻子给了陌生来客一些牛奶，以及孩子们吵吵嚷嚷争抢着家中唯一的一扇透明窗子，想看看井边的男人长什么样子。这里的乡村面貌簇新，河上的我们视线被两侧河堤挡住了，大晴天也看不到一栋房屋，但上岸不用走太远，就能发现人们像野蜂一般分布的住所，他们还在梅里马克河沿岸松软的沙滩和沃土上掘了井。

时值午时，带着水汽的烟雾袅袅升起处，希伯来经文探讨的话题和律法精神的身影在逗留。所有人类，所有在上尼罗河畔、孙德尔本斯[1]、廷巴克图[2]和奥里诺科河[3]流域的居民身上发生过的故事都会在这里发生。每个种族、每个阶级的人在这里都有代表。60年前撰写了《新罕布什尔史》的历史学家贝尔克纳普说，这里或许也会有"新曙光"产生，甚至产生自由思想家。他写道，"全州的居民或多或少都是基督教信仰者。还有一批智者，他们表面上不信教，但一时也未找到更好的替代"。

---

1 孙德尔本斯，位于印度恒河三角洲地区。
2 廷巴克图，位于西非马里尼日尔河畔。
3 奥里诺科河，南美洲重要河流，沿岸为印第安人聚居地。

与此同时，留在河上划船的那位也许望见了一只棕色的鹰，或者是土拨鼠，又或是在桤木林下爬行的麝鼠。

有时，我们在槭树或柳树荫下休整，带上一个甜瓜做点心，趁着闲暇思考河流与人类生命的流逝；就像流水带着水面的枯枝与树叶远去，往昔的万事万物浮现在我们眼前，而这条河的远处，在城镇与集市里，古老的流程仍在按部就班地上演。

我们陷在这些思绪中，把自己当成了河上唯一的行船者。突然间，一艘运河船扬着帆，如同河中巨兽般从我们前方绕过，眼前景物随之一变；紧接着，一艘又一艘船相继出现，我们发现自己又陷入了商贸大潮中，于是将果皮扔进水里让鱼啃食，索性加入充满生气的人类生活中。我们在远方花园里埋下种子，结出了这颗果实，从没考虑过会在何处把它吃掉。甜瓜在梅里马克河的沙质河床上找到了归宿，马铃薯在阳光下、在水中、在船底，看着像某种乡土水果。很快，我们就被这支垃圾舰队释放，重新独占河面，恢复了匀速划行，在正午时分经过纳舒厄地域，对面就是旧名诺丁汉的哈德孙。不时有一只翠鸟或是白眉鸭被我们惊起,翠鸟起飞不靠短小的尾巴操控方向,大多凭着一股冲劲,嚷得一条河道上全是它们嘎嘎的叫声。

没过多久,一艘缓缓开往下游的平底驳船出现在视野中。我们冲它打招呼,还攀着它的船舷一起往回漂了一段。我们和船工聊天,从他们的水壶里讨得一口清凉的水喝。他们显然是新手,来自遥远的山区,做这份工是为了去看大海,看世界,也许还要去过福克兰群岛[1]、去过中国海才回来与梅里马克河相见,也许就这样一去不复返。他们已经在更大的冒险竞赛中把个人利益投入水手这个行业,准备好去见识形形色色的人类,而所求不过是在未来的庞大金库中为自己预订一只小抽屉。等到他们的船也消失在天际,我们带着聊得嘶哑的喉咙独自上路。我们想知道,新罕布什尔的群山间藏着怎样的不平?这里的人到底缺什么才会匆匆奔向地球的另一侧?我们祈祷他们美好的期待不要被粗暴地打破。

在廷斯伯勒和哈德孙之间,我们路过东岸的一小片沙

---

[1] 福克兰群岛,即马尔维纳斯群岛,位于南大西洋,主岛在阿根廷巴塔哥尼亚以东洋面。

地，它不光有趣，还让我们看惯了铺天盖地的绿色的眼睛忽然为之一亮。在我们眼里，这片沙地实在美丽而令人难忘。一位在纳舒厄一侧的地里劳作的老居民告诉我们，在他的记忆中，那片沙地曾是耕地，种植过玉米和谷物。但这片水域渔产丰富，捕鱼人为了便于拖网，拔除了岸上的灌丛，堤岸因此崩塌，河滩上的沙被风吹到这里堆积起来，最后在这片约6万平方米的土地上足足覆盖了数英尺厚。河流旁的沙滩已经被吹得露出了古老的地面，我们看见了一处印第安棚屋的地基，火烧过的石头围成一个完美的圆形，直径1.2-1.5米，沙中混杂着细木炭和小动物的骨骼。周围的沙地上散布着生火时烧灼过的石头，还有石质箭镞片，我们找到了十分完整的一个。一处沙子上有一角玻璃质碎片，大约4便士那么大，这引起了我们的注意，当年大概曾有一个印第安人坐在这里用石英磨箭镞，这块碎片就是他在工作中磨裂的。那时候，白人尚未到来，印第安人一定也在这里捕鱼。这里往上游大约800米还有一片类似的沙地。

现在还是中午，我们将船头转到一侧去洗澡，然后在两株悬铃木下找了块突出的岩石靠着休息。这里是哈德孙镇河边斜坡上的一片僻静牧场，周边松树和榛子树环抱，而我们脑子里想得最多的，还是印度和那些古老而鼎盛的哲学。

就这样，一个水手做着白日梦，他的同伴则在堤上酣眠。忽然间，有船工吹响了号角，声音在两岸间回响，向农人的妻子通报他即将前去吃午餐，可这里似乎只有麝鼠和翠鸟听到他的讯号。我们的沉思和睡眠因此被打断，索性再度拔锚起航。

下午的航程中，西侧堤岸变矮了，还有几段逐渐远离水道，只剩几棵树立在水边，而东侧则陡然拔高，变成 15~18 米高的丘陵，上面树木葱茏。我们初次结识了新树种：美洲椴树，也叫菩提树，它宽大的圆形叶片垂在水面上，其间缀着一簇簇快成熟的小硬果，为水手们提供了惬意的阴凉。它的树皮下有韧皮，渔夫用它编席，俄罗斯人用它大量制作绳索和农夫的鞋子，有些地方也用它织网或是织粗布。诗人笔下，它曾是海洋女神之一菲吕拉。据说古人用它的树皮做屋顶和篓子，还可以制作一种叫"菲吕拉"的纸。椴木具有"韧性强，轻且富有弹性的特点"，被用来制作圆盾，一度还是广为流行的雕刻材料，至今仍是钢琴共鸣板和车厢嵌板的最主要用料，并在其他需要强度和韧性兼备的场合得到广泛运用。它的枝条可以用来编织篓子和摇篮，树液可以提炼糖，椴树花蜜据说是最受人喜爱的蜂蜜。有些国家用它的叶片喂牛，它的果子是制作一种巧克力的配料，花朵的浸泡液可以入药，最后，椴木炭对制作黑色火药至关重要。

这棵树的出现让我们意识到自己进入了一片陌生的土地。我们在椴树叶撑起的华盖下划行，透过叶片的缝隙看到天空，树仿佛将它的意图与想法用上千个象形文字印在了天空之上。我们的身体机能与宇宙是如此相适，以至于眼睛可以一边东张西望一边休息。无论往哪边看，都能发现既能舒缓又能提振感官的景物。抬头看树顶，欣赏一下大自然是怎样给自己的作品精心润色的吧。看那松树的塔尖螺旋越升越高，为大地镶上优美的羽饰。谁会去数塔尖飘散的纤细蛛丝上到底有多少被困的昆虫呢？一切语言的字母表加起来也比不上叶片形状的丰富多彩，光是一种橡树就难以找到两片相似的树叶，每片叶子都各具特征。

大自然只需要为自己的作品培育最质朴的胚芽。可以说就连创造出鸟类也不需要她花费太多力气。翱翔于森林上空的鹰最开始可能只是一片飘舞在林中小径的树叶，漫长岁月中，它逐渐从沙沙作响的叶片变成了展翅高飞、鸣声清婉的鸟儿。

萨尔蒙溪自西而来，从下方穿过铁道，在纳舒厄村往下游方向约 2.4 千米处汇入梅里马克河。我们溯溪而上，一直深入溪边的草地间，向河边制干草的人询问本地的渔业史。他指着溪口几个沉在水中的鱼篮告诉我们，以前这里盛产银鳗。说起捕鱼人的故事，此人无论是记忆还是想象都相当丰富，从无底池塘上的漂浮小岛说到满是游鱼的神秘湖泊，如果听下去，怕是听到天黑也听不完，可我们无暇在此多耽搁，只得告辞回到我们的海域。虽然从未踏足这片草地，只是双手拂过它的边缘，却也给我们留下了快乐的回忆。

萨尔蒙溪据说得名自印第安语的转译，曾经是原住居民的美好家园。纳舒厄的首批白人拓荒者同样在这里开垦种植，地里还留着他们盖房屋的凹痕，老苹果树枯死的树干也还留在这里。沿溪上行约 1.6 千米就是老约翰·洛夫威尔的房子，他曾是奥利弗·克伦威尔麾下的一名少尉,也是"著名的洛夫威尔上尉"的父亲。1690年之前,他来此定居,死于1754年,享年120岁。据信移居此地前,早在1675年他就参加过著名的纳拉甘西特沼泽战役。传说因为他善待印第安人,在后来的战役中没有被杀害。即便到了1700年,他年事已高,头发花白,他的头皮依然一文不值,因为法国总督不会为它付赏金。我站在溪边他家地窖的遗址上与人聊天,那人声称他祖父肯定认识洛夫威尔,父亲也许、可能和洛夫威尔说过话。老洛夫威尔上了年纪后,开了一家磨坊和一家小商店。直到近年还有人记得他——一个挥舞手杖把男孩们赶出果园的硬朗老头。

由此可见寿命有限的凡人需要用多么可怜的方式去证明自己的胜利,也就是说,你得活到100岁不戴眼镜能补鞋,105岁还能收割出一条整齐漂亮的庄稼茬才行!洛夫威尔的家据说是邓斯坦夫人从印第安人手里逃脱时,路上遇到的第一栋房舍。佩科凯特的英雄可能就在这里出生、长大。在附近,还可以看到约瑟夫·哈塞尔的地窖和墓碑,据文献记载,1691年9月2日夜里,他和妻子安娜、儿子本杰明及玛丽·马尔克斯"被我们的敌人印第安人杀害"。"英国人背上所挨的印第安棍棒尚未完成上帝的使命。"萨尔蒙溪入河口一带仍是一方僻静之所,溪水蜿蜒在森林和草地间,当年无人居住的纳舒厄河河口如今却已成为一座喧闹的制造业城镇。

萨尔蒙溪入河口往上一点,又有一条来自哈德孙的奥特尼克湖的河流从另一侧河岸汇入。从此处眺望本地区最雄伟的昂肯努努克山视野上佳,从河岸望向上游方向,山峰就高耸在桥西端上方。我们很快便划过纳舒厄村,村旁有河流与村同名,村中有一道廊桥跨越梅里马克河。纳舒厄河是梅里马克河最大的支流,发源于沃楚塞特山,流经兰开斯特、格罗顿等村镇,两岸榆树成荫的草地闻名遐迩,但河口段处处被瀑布和工厂打断,让我们无心深入探索。

在距此路途遥远的兰开斯特,我曾与他人结伴穿越广阔的纳舒厄河谷,我们曾在康科德的群峰之上久久西眺,却找不到地平线上的蓝色山脉中它在何处。在我们与秀美的群山间,藏着那么多条河流,那么多片草地、森林和幽静的民居。从那里去往廷斯伯勒方向的路旁,登上一座山,就可以将它们尽收眼底。地平线上相邻的两棵松树之间，是我们年轻时看到的绵延不断的森林，纳舒厄河谷就藏在其中，那时这条河在谷底蜿蜒流淌，而此时，我们目睹它在身边无声地与梅里马克河交融。河畔草地生出云朵浮在半空，落日从遥远的西方给云镀上金边，而此前它已为我们装点了上千个黄昏的天空。实际上，这个河谷被一堵草墙遮掩了视线，我们朝山的方向走了一段，它才逐渐向我们显露真容。夏季和冬季，我们的视线停留在群山的朦胧轮廓上，距离和模糊总能赋予山分外的雄壮，让诗人和旅行家们的一切词句变成画面，呈现在眼前。

最终，与拉塞拉斯[1]和其他欢乐谷居民一样，我们下决心用脚去丈量耸立在西边地平线上的蓝色山墙，虽然心存疑虑，担心那头并没有可见的仙境等着我们。讲述那次探险需要些时间，但今天下午我们没时间跟随想象沿着雾蒙蒙的纳舒厄河谷上行，重温以前的朝圣之旅。那以后，我们曾多次去新英格兰和纽约的主要山峰进行类似远足，

---

1 拉塞拉斯（Rasselas），英国作家塞缪尔·约翰逊（Samuel Johnson，1709—1784）的作品《拉塞拉斯》(*The History of Rasselas, Prince of Abissinia*)里的主人公，一位住在欢乐谷的王子。

甚至深入荒野，在许多山巅过夜。如今，当我们再次站在故乡的山上西眺，沃楚塞特山和莫纳德诺克山重新退回地平线上那壮美的峰峦之间，可我们的眼睛还能清楚地看到两座山上的那两块岩石，我们曾在上面扎营过夜，在云雾间煮麦片糊。

直到1724年之前，纳舒厄北部都无人居住，只在国界和加拿大一侧有零散的幽暗森林。1724年9月，两个在北部制松脂——这也是荒野中最早的产业——的人被一群约30名印第安人抓走带到加拿大。10名邓斯特布尔居民出发去找他们，发现他们的桶箍被切断，松脂洒了一地。一个听祖上说起过往事的廷斯伯勒人告诉我，有名被捕者在印第安人要倒掉他的松脂时，抓起一根带疤的松枝挥舞一气，诅咒说谁敢第一个碰他的桶，他就要那人的命，印第安人才住手。后来他从加拿大回来，发现桶还完好地立在原地。不过，他们也许有不止一只桶。不管当时的情况如何，搜救队从树上煤炭混合着松脂留下的标记判断，这两人只是被抓走了，没被杀害。一名叫法威尔的队员通过松脂尚未完全凝结这一事实推断印第安人刚离开不久，队伍随即展开追踪，但他们没有听取法威尔的建议，直接跟着印第安人的足迹往梅里马克河上游进发，结果在桑顿渡口[1]遭遇伏击，9人死亡，只有法威尔一人在印第安人的穷追不舍下逃脱。邓斯特布尔人赶来收尸，将他们带回家乡安葬。

在邓斯特布尔的墓地，墓碑上刻着"记住你终有一死"，死者姓名下记载着他们离世的经过。

此人与另七位长眠于此的人，
于同一日被印第安人屠戮。

搜救队其他人的墓碑绕合葬墓而立，每个人都有自己的碑文。据可靠资料，被杀害的共9人，但只有8人葬于此墓。

据《邓斯特布尔史》记载，追击法威尔的印第安人中途遭遇了另一队人马，到纳舒厄便被迫撤退。印第安人走后，人们发现河边的一棵大树上刻有一个印第安人头像，

---

1 桑顿渡口，今梅里马克镇。

纳什维尔村的这一带由此得名"印第安海德"。关于菲利普王战争，古金写道，"部分有识之士观察到，战争爆发时英国士兵认为印第安人不堪一击，许多人号称一个英国人就能追杀十个印第安人；他们认为没什么大不了的，'我来，我看见，我征服'。[1] 但我们现在知道，有识之士这一次本该有不同的判断"。

法威尔似乎是唯一一个认真对待军人职业的人，他懂得怎样猎杀印第安人。他活了下来，为了下一次战斗。次年，在佩科凯特的战役中，他在洛夫威尔手下担任中尉，但我们已经知道，他在那场战争中埋骨荒野。如今听到他的名字，我们仍会头皮发麻，想起那晨光初现的岁月和印第安小道上的捕猎人——对新英格兰来说，他是必不可少的英雄。

这些战役在我们听来匪夷所思。后人甚至会怀疑它们的真实性，怀疑那些移居这片土地的胆大包天的祖先并没有同一个有着铜色皮肤的种族争夺土地，他们只不过与森林中的幻影打了一场，他们的敌人是神秘莫测的森林里的

---

[1] 语出恺撒大帝（Gaius Julius Caesar，前100—前44）。

瘴气、高烧和寒战。如今能找到的，只有犁耙翻出的几个箭镞。在贝拉斯基族[1]、伊特鲁里亚人[2]和不列颠人的故事里，这些都是最阴森虚幻的东西。

这是一处荒凉古旧的墓园，灌木丛生，在离河约400米的道路旁俯瞰着梅里马克河。它的一侧有条早已荒废的磨坊溪，邓斯特布尔的先民们就埋在这里的土地下。我们从距离墓园所在的山坡下4.8~6.4千米外经过，看到了洛夫威尔、法威尔，以及众多在印第安人战争中功名赫赫的家族成员。有两块花岗岩墓碑厚逾30厘米，呈不规则方形，平置地面，躺在下面的是这里的第一任牧师和他的妻子。

纳舒厄村很快远离了我们的视野，沿岸又变成大片森林。快要日落了，我们慢悠悠地边划边找僻静的地方过夜。河上已经有几朵夜云倒映，时而有麝鼠过河，留下点点涟漪。最终，我们选择在佩尼楚克溪附近扎营，此地现属纳什维尔，旁边的松林下有道深谷。干枯的松针就是我

---

[1] 贝拉斯基族（Pelasgi），史前生活在希腊、小亚细亚和爱琴海诸岛的一个民族。
[2] 伊特鲁里亚人（Etruscan），公元前10世纪至公元前1世纪生活在亚平宁半岛中北部的一个民族。

们的床褥，棕黄的树枝横在我们头顶。营火和炊烟很快让景物变得柔和起来，连岩石都甘愿做我们的墙，松树则充当我们的屋顶。森林边缘就这样成为我们再理想不过的营地。

对每个人来说，荒野都珍贵而亲切。哪怕最古老的村庄都欠着环抱着它的原始森林一份情，这份恩典远甚于后来人造的花园。莽莽森林中不断涌现新的城镇，就像狐狸在洞穴四周刨出一个个沙堆，森林边缘和那些零星深入新城镇的林地则具备一种难以言喻的蓬勃与美丽。笔直挺拔的松树与槭树正是大自然承袭自远古的正直与精神的象征。松林繁茂，松鸦嘶鸣，我们的生活需要这样的背景给予慰藉。

我们为小船觅到一处安全的港湾。日已西斜，我们将露营装备搬上岸，很快就在河畔搭建起家园。水壶在帐门外冒着蒸汽，我们聊起远方的朋友和将要看见的风景，琢磨着那些城镇各在我们哪个方位。可可很快煮好，晚餐也已端到面前，我们像老船工一般，边吃边聊，把这顿饭吃得缓慢悠长，一边吃，一边还把地图摊在地上，在《地名词典》里查找首批拓荒者来到这里以及获准建镇的时间。

吃过饭，写完航行日志，我们裹着水牛皮躺下来，以臂当枕，听了一会儿远方的狗吠，河流的低语，还有无休止的风声；睡意蒙眬间，梦见一颗星的微光穿过棉布帐顶照射进来。半夜时，也许有人会被落在肩膀上的蟋蟀鸣声吵醒，或是被捕猎的蜘蛛砸到眼睛，身旁的峡谷林深岩峻，溪流在它底部潺潺流淌，哄着惊醒的人重新安睡。把脑袋放低，低到草里，真是美妙无比，你会听到草丛简直是个叮当作响、忙忙碌碌的工坊。上千个小小工匠把他们的铁砧敲了一夜。

夜深了，我们沉沉地睡在梅里马克河岸，听到远方有新的鼓手在不停敲鼓，之前听说那边在准备一场乡村集结。我们想起了一句诗：

当鼓声在夜深人静时敲响。

那晚鼓声不绝，我们的血液也跟着沸腾起来。一座座心灵的村庄都听到了这号角声和盔甲、圆盾的铿锵碰撞，无数名骑士拿起了武器，准备在营地星光下投入这场战争。

当晚大风,后来我们得知别处风更猛,远近大片庄稼田都被破坏,可我们只听到它不时的叹息,它似乎未获允许撼动我们的帐基。松涛阵阵,水声潺潺,帐篷有些摇晃,我们仍专心倾听大地的声音。等到风暴席卷,惊起其他人时,我们一如往常,在日出前就做好了启程准备。

星期二

离天亮还早,我们手持小斧出帐砍柴,让斫木声响彻尚在梦中的森林,然后燃起篝火驱散几分懒散的夜,水壶对着晨星唱起了家常小调。我们在河边沉重的脚步声吵醒了所有麝鼠,惊起在巢中酣眠的麻鸦和其他鸟儿。我们把船拖上来,翻个面,清洗上面的淤泥,和白天一样大声交谈,终于在凌晨三点前完成准备工作,随时可以照常启程。接着,我们抖去鞋上的淤泥,走进雾霭深处。

虽然一如既往地身处迷雾之中,但我们觉得今天会是个好天气。

本州的历史学家贝尔克纳普曾说,"在毗邻淡水河及湖泊的地区,清晨时水面上白雾笼罩意味着当天肯定是好天气，如果没有雾，入夜前就会有雨"。对我们来说，只需要一条狭长浅薄的水汽带铺在从入海口到山区的梅里马克河上，世界就处在迷雾中。但再大范围的雾也有它们的边界。我曾在云层之上的马萨诸塞州萨德尔拜克山顶看过日出。既然迷雾中什么都看不清，就让我来慢慢讲个故事吧。

某个晴朗的夏日，我孤身一人徒步翻越山岭，一路采食道旁的树莓，有时从农家买一条面包，背上的行囊里装着几本旅行指南和换洗衣服，手持一根拄杖。那天早上，我在胡萨克山上俯瞰，公路从山中穿过，距离我脚下约4.8千米远的山谷中坐落着北亚当斯村，眼前景象让我见识到地球的某些部分有多崎岖，也许平坦和方便行走的地区才是偶然。在村里，我往行囊中添了一点大米、糖和一个锡杯，下午开始登山。这座山顶峰海拔约1097米，山路长11~13千米。我的路线是从一个被称为"风箱"的溪谷上行，因为经由这里上下的风极为猛烈，直达主山脊和周围较低峰峦间的云层。沿途不同海拔上分布有几处农场，每一处都拥有背望群山的如画美景，一条溪流在谷中穿行，源头附近有一座磨坊。这条路仿佛通向朝圣者攀爬的天堂之门。我穿过干草地，过桥跨越溪流，逐渐上行，一路心怀敬畏，对即将遇到的居民和即将结识的自然无限期待。这个溪谷是建农舍的绝佳之地，壮丽得超乎想象，它位于溪流中段，距离源头和尽头都不远不近，还有一条幽壑可以居高远眺两峰夹峙间的原野。这样看来，地球表面崎岖未尝没有好处。

这里让我想起新泽西海岸外斯塔滕岛上胡格诺派[1]居民的家园。尽管相对较低，岛内腹地的山体各面都有类似的沟壑平缓纵切，条条沟壑往山顶方向逐渐收窄，岛上的首批拓荒者胡格诺派信众就把自己的家集中安在沟壑的上端，在微风吹拂下，白杨和蓝果树的浓荫深处，既可开垦田园又隐蔽，没有外界打扰，无惧风雨侵袭，远眺视野辽阔，数英里森林和绵延的盐沼一直伸展到海岸，还看得见那棵扎根在他们登陆处的老榆树——胡格诺树；视线越过广阔的纽约外湾，可以看见桑迪胡克与内弗辛克高地，那以外便是大西洋的浩瀚波涛，地平线上或有隐约舟影，向着他们的故土欧洲大陆驶去，根据远近判断启程已近一

---

[1] 胡格诺派（Huguenot），法国加尔文主义新教徒，16世纪时，由于遭到迫害，大量逃至欧洲各地和美洲殖民地。

日。行走在岛内乡野间，既看不见海洋，也没有新罕布什尔的群山，但透过一条夹缝，一处隘口，或者荷兰拓荒者口中的"劈道"，我突然发现，一片玉米田外，竟有一艘船鼓起风帆在32-48千米外的海面上航行。我无法测量远近，但那视觉效果如同在幻灯机中看一艘时远时近的彩绘船。

我们还是回来谈山。高踞林壑之巅的人想必特立独行，超凡脱俗。我上山时一路雷声不绝，但阵雨下在了另一方向，即使雨带没有转移，我自信已经超越了它。等我到达倒数第二幢房屋，发现通往山顶的路在此处右转，但巅峰明明就在正前方。我决定还是沿峡谷而上走到尽头，便自辟新线，走了一条虽然陡峭但更短，也更险的路。这家房舍维护精心，位置上好，我盘算着次日回程时一访，如果主人愿意接待，或许可以盘桓一周。这家的女主人是个坦率、好客的年轻人，身着便装站在我面前，一边说话一边漫不经心地梳着她的黑色长发，每梳一下甩一下头，灵活的双眼闪闪发亮。她对我所来自的山下世界充满好奇，一开口仿佛相识多年，让我想起一个表亲。她原以为我是一名来自威廉斯敦的学生，说他们经常成群结队而来，或骑马，或徒步，只要天气好就能看到他们，实在是一群浪荡的家伙。不过他们从来不走我这条路。

经过最后一户人家时，一个男人在里面大声问我有什么可卖，因为看到我的背包，把我当作了抄小路翻山去南亚当斯的小贩。他告诉我，如果走我刚才放弃的那条路登顶还有6.4-8千米，走现在这条直路只需约3.2千米。但没人这么走过，那里没有路，我会发现那条路过于陡峭，比上房顶还难。我心知自己对山林比他更熟悉，还是选择穿过他的牛场继续上山，他看看日头，在我身后大喊今晚肯定到不了山顶。

我很快就攀至幽壑顶端，但从这个位置看不到顶峰，只能先爬到对面一座较矮的山上去，再借助指南针确定方位。于是我立即进入丛林，开始朝对角线方向攀登陡壁，每隔60.4米便选一棵树标示方位。攀升难度不大，也不让人讨厌，花费的时间却比走常规路线少得多。我发现，即使是乡民也喜欢夸大穿越丛林，尤其是翻山越岭的困难。他们似乎缺乏这方面的常识。我曾在没有向导、没有现成路线的情况下攀登多座更高的山峰，发现如我所料，一般来说，所需要的不过是比行走在平坦道路上更多的时间与耐力。只要心中常怀彻底的谦卑，世上极少有无法跨越的阻碍。诚然，途中不可避免遇上悬崖绝壁，但既不需要我们贸然跳下，也不必掉头躲避。疯子才会从自家地窖楼梯上跳下，或是拿头去撞自家烟囱。就我的经验来说，旅行者对旅途艰险的描述往往言过其实。困难就像恶魔，大多存在于幻想中，所以急什么？如果一个迷路者终究能认识到，他并没有迷失，他穿着自己的鞋，站在立足之处，与他本人没有丝毫偏离，迷失的只是他熟悉的环境——这么一想，多少焦虑和危险都化为云烟。一人上路也并不孤单。谁知道地球在宇宙的哪一点上转动？如果我们不因为迷失放弃自己，那地球想去哪儿，就让它去吧。

我在浓密的山月桂林中直线穿行，稳步爬升，直到身边的树逐渐变得嶙峋狰狞，仿佛来到了林中地精的藏身所，最终在日落时登上峰顶。山顶有几英亩已被清理出来的空地，满是石块和树桩，正中有简陋的瞭望台可以俯瞰山林，正适合饱览日落前的乡野美景，但我实在太渴，不敢挥霍宝贵的光线用来观景，必须立刻出发寻找水源。

沿着一条人们常走的小径在一片矮树林中走了约800米，我找到骑马上山的旅行者经过的地方，地上的马蹄印里还积着水,便趴到地上,逐个将水喝干净。水纯净清凉如山泉,但就算用草茎发明出精巧的微型引水设备也难以将它很快装进我的长柄锅,这过程实在太漫长了。这时,我记起上山时路过一片很潮湿的地方,赶紧返回去寻找。就在那里,我使用锋利的石块,在暮色中挖出了一口约60厘米深的井,井中很快渗满了纯净清凉的水,鸟儿们也被吸引过来。我装了满满一锅水回到观测站,捡了些干柴,就着地上几块扁平石块当灶生火——显然之前也有人在这里生过火——赶紧煮米饭做晚餐,我连当餐具用的木勺都削好了。

夜里,我坐在地上,借着火光读几张别人用来包午餐的破报纸,看纽约和波士顿当前的市价行情,看广告,以及各种编辑认为值得发表的奇谈怪论,他们肯定没料到这些文章会在怎样严苛的环境下被细读。这些东西让我受益匪浅,在我看来,广告,或者说商业版块堪称一份报纸里最好、最有用、最自然,也最有价值的内容。那些表达观点和感情的文章大多轻率浅薄,漏洞百出,我甚至觉得印有这些内容的纸张都要更脆、更容易被撕破。广告和市价行情就贴近自然多了,在某种意义上和潮汐表与气象表一样重要。至于那些占据最宝贵的版面下方的内容，除去一些平实的科学记录或经典书摘外，都让我觉得荒诞不经，粗糙狭隘，犹如写过就可烧掉的未成年人习作。那些观点注定明天又要改头换面，就像去年的风尚。人类好像确实天真，过不了几年，走出了青涩时期，他们就会羞于面对曾经的自己。此外，这些文章还有一种特有的俏皮与尖酸气质，让人根本笑不出来，若是皮笑肉不笑，反倒是对这种尝试的辛辣嘲讽，擅作恶的人说起最得意的笑话，笑得最大声的总是他自己。如我所言，除了那些现代江湖骗子广告，大部分广告是严肃的，它们往往引发人愉悦与诗意的遐思，因为商业着实和自然一样有趣。光是商品的名称就意趣盎然，富有诗意，譬如木材、棉花、糖、兽皮、鸟粪、洋苏木。坐在山顶，读到这些朴素、私密、富于创见的词汇总是令人欣喜，它们与环境如此和谐，仿佛是在山顶写就。这是一种永不改变的时尚，和兽皮、洋苏木或其他自然产物同样可贵。在这样一张废纸上，亦包含有生活的甘美果实，这是多么宝贵的伙伴！它是圣物，是处方，是神圣的发明，不仅能带来滚滚财源，还能带来闪光的时代思潮，并将之留存下来。

天很冷，我捡了一大堆柴火，在观测站建筑的墙边找了块板子躺下，没有盖毯，我只得头朝篝火睡以便照料，当然，这么睡是违背印第安法则的。半夜寒冷更甚，最终，我用板子把自己包围了起来，甚至还弄了一块盖在身上，再往上压一块石头保持稳定，就这样睡得还挺舒服。这让我想起那些盖门板睡觉的爱尔兰孩子，他们会问没有门板盖的邻居冬夜里怎么睡觉。这故事我深信不疑，因为他们的问题一点也不奇怪。没试过的人不知道在毯子上压一块门板能有多舒服。人体构造和小鸡差不多，把小鸡从母鸡身边抓走，放在盛满棉花的篮子里，再把篮子放在壁炉边，它们多半会叽叽叫到死去，但如果往篮子上盖一本书或是其他重物压住棉花，就像母鸡还在护着它们，它们就会安然入眠。我的伙伴只有老鼠，它们来捡食我落在报纸上的食物碎屑。和别处的同类一样，它们直接从人类那里领取抚恤金，不会不理智地想提升自己的居住环境。夜里曾有一两次，我抬眼望向天，见到一朵白云悠悠飘进窗户，填满了整个二楼。

这间观测站由威廉斯敦学院的学生建立，颇具规模，白天时可以看见该校的建筑在峡谷里反着光。如果大学都像这样地处山麓，那将是不小的优势，至少抵得上一个报酬丰厚的教授职位。在山的阴影下受教不比在经典笼罩下学习差。但毫无疑问，有人只记得他们上过大学，却不记得登过山。每一次登顶都会重新归纳在山下所学，并更广泛地检验它们。

我早早起来，爬上塔顶看日出，在能分辨远方景物前，先花了些时间研究镌刻在塔上的名字。一只"桀骜不驯的苍蝇"在我肘边嗡嗡飞，让我想起在波士顿长码头尽头的糖浆桶上的那只，它们一样对我视而不见，而我也不得不忍受它一成不变的陈词滥调。离题废话不多说，现在进入重点。——天光渐亮，我发现自己身处一片雾海中，雾气刚好笼在观测塔的基部，淹没了一切地面痕迹，只留下我飘浮在这世界的残片里，躺在一块刻花木板上，陷在云端幻境中；不需借助任何想象，这幅情景便难以忘怀。东方光线渐强，向我更清晰地展现出这个夜间飞升的新世界，也许这就是我未来生活的新大陆。这里没有罅隙，看不到我们命名为马萨诸塞、佛蒙特或纽约的弹丸之地，而我仍呼吸着7月清晨的清净空气——不知此境还有没有7月。我的身下，每一个方向都向外延伸上百英里，目之所及全是翻滚的云朵，起伏涌动的表面对应着它掩盖的地球世界。这是梦中的国度，蕴藏着天堂的一切喜悦。这里有白雪覆盖的广袤牧场，修剪得平滑紧实，云山间有背阴的谷地；遥远的天边，我望见浓密的迷雾森林穿插在大草原上，沿着一条河道蜿蜒伸展，从两岸勾勒出超乎想象的亚马孙河或奥里诺科河。那里没有符号，因而没有不洁的物质，没有斑点，没有污迹。得见此景，唯有永久沉默。身下的土地化成了变幻的光与影，正如以前我们抬头看云。它不仅模糊不清，而且如影之幻灵般飘忽，影之幻灵，占据了这个新平面。我已登于风暴和云层之上，继续走下去，或许能彻底走出越来越小的地球阴影，到达永昼区。

然而，当这个纯净世界的太阳升起时，我发现自己栖身于欧若拉[1]的辉煌殿堂，诗人们的目光曾越过东方的群峰瞥见它的一角。山峰飘荡在金红的云彩中，在太阳战车[2]途经的路上戏耍着黎明的玫瑰色指头，沾染上点点晨露，享受神仁慈的微笑和它即将射出的万丈光芒。地球居民通常只能见到天堂大道阴暗的底面，只有在早晨或夜

---

1 欧若拉（Aurora），罗马神话中的黎明与曙光女神。
2 希腊和罗马神话中，太阳神每日驾战车自东往西在天空驰骋。

晚，以特定角度从地平线上望去，才得以窥见浓厚云层中的模糊条纹。可我的诗才无力描绘包围我的这一片锦绣，就像在东方的宫室里远远望见模糊的映象。在这里，在大地上，我都看见了仁慈的神。

前一天夜里，我看到了几座更高的山峰，那是卡茨基尔山脉，但愿有一天我能从那里再攀上天堂。我用指南针定位了西南方向的一个秀美湖泊，它正在我的计划路线上。我朝着既定方向下山，这次的路线在上山路的相反一侧，出发不久就遇上乌云和细雨，当地居民向我证实，今天一整天都是时阴时雨。

但此刻，我们的话题必须赶在雾气消散前回到快乐无忧的梅里马克河水面上。

日出前，我们路遇一艘蹒跚着朝大海驶去的运河船，因为大雾看不清，但能听到它发出几声闷哑、沉重，如同打呼噜一般的声音，想来负载很重，难以操控。即使地处偏远的新罕布什尔，这条河上也已有商贸的涓涓细流觉醒。雾中操舵需要更多的技巧，让我们清晨的航行变得更有意思，也使得河面看起来无限宽广。只要有薄雾笼罩，让万物变得朦胧，单单用一种幻术就可以将最平凡的小河扩展成海湾或内陆湖。我们眼前的晨雾甚至称得上芬芳而提神，我们把它当作黎明的阳光或是带露的初生日光享受。

一位和善又富有观察力的历史学家曾说，"在本地区山区，水汽升腾再变成云的过程新奇又有趣。升腾的水汽形成一根根小圆柱体，像林立的烟囱里冒出的烟柱。上升到一定高度后，它们扩散、混合、凝结，被引上山，在那里或是蒸馏为温柔的露水渗入山泉，或是化为雨水伴着雷声降下。这一过程在夏季每一天不断重复，中间只有片刻停歇。让旅行者们对于《约伯记》中的'他们被山间阵雨淋湿'一句有了生动体验"。

雾和云掩盖了黯淡的山脉，让山谷拥有了平原的辽阔。风雨交加的天气，只要眼前、身侧山间有云飘荡，再平淡无奇的乡野也生出几分庄严。在新罕布什尔州的梅里马克河与皮斯卡塔夸河之间，以及梅里马克河与大海之间，经由汉普斯特德往黑弗里尔一路，地势自西向东降低，海岸的景观出现得如此遥远而突然，一开始你会以为远方那片一望无际的空茫是低地的雾气遮掩了与你同海拔的群山，你的眼里没有海，但那是偏见带来的迷惘，任是风也吹不散。再壮丽的景观一旦变得清晰就失去或削减了崇高感，因为无法刺激想象力展开美化。山的实际高度也许很矮，瀑布的实际宽度也许窄得可笑，那是想象力自我满足的产物。大自然并不会依照我们的理想去创造。我们虔诚地夸大她的奇迹，就像夸大家园的风景。

河上露水极重，为避免发霉，我们通常都将帐篷摊在船头上晾晒。我们划过佩尼楚克溪汇入口，这条未开发的溪流中鲑鱼群集，但因为有雾，我们没能见到。终于，阳光挣破了迷雾，岸上滴露的松林和烂泥间汩汩冒出的泉水显现在我们眼前。

阳光尚未晒干草地和树叶，白昼也还没有成为主角，我们已在布满晶莹露珠的堤岸间划行了数小时。浓重的晨雾终于将白昼的安宁衬托得更加深沉而稳定。河水流速变快了，风景也更迷人。这里大多是黏土河岸，相当陡峭，还汩汩冒着水。距河几英尺外有泉水渗出，船夫们用斧头在石板上凿出一条凹槽，放在泉眼下方，就可以方便地接水、灌满水壶。这些来自松树或岩石下的涌泉有时更为纯净清凉，它们汇聚到靠近河岸，并与河流齐平的盆地中，成为梅里马克河的一个水源。生命的水流旁,总有纯真与青春之泉滋养沙岸;这些未被污染的水源是行船者的最佳补给。有些新鲜的涌泉或许还在一路欢歌,汇入最古老的河流,哪怕河流再汇入大海,我们觉得河神们还是能从滚滚逝水中分辨出属于泉水的叮咚乐声,越近大海,就越动听。河水蒸发哺育出这些意外之喜,它们又从河岸滤出,那么,我们的雄心壮志或许也能像这些涌泉,回归到生命的河岸边,得到补给与净化。这微微温热的黄色大河载得起平底大驳船,河面有倒影与涟漪足以悦目,船夫却只取那涓涓细流解渴。这纯净清凉的元素支撑着他的生命。如此谨慎的种族必定能繁衍不绝。

上午的行程西起梅里马克河地区,东至曾被称作"布雷顿农场"的利奇菲尔德,后者的镇区古时是印第安人的纳蒂库克。布雷顿是个和印第安人做生意的毛皮商人,于 1656 年获得这片土地的所有权。全镇居民大约 500 人,可除了寥寥几幢民居,我们一个人影都没见到。我们漂在河上,堤岸又很高,将零星的房屋都挡住了,看到的乡野远比走陆路时荒凉原始。但到目前为止,这条河仍是最迷人的交通要道。与河平行的道路上,驾车行驶的司机要忍受飞扬的尘土与刺耳的噪声,而同时代的船夫,他们在河上度过了20年、25年,经历必定要美好、狂野、难忘得多。梅里马克河上的旅人鲜少能看见村庄,大部分河段两岸都是森林和牧场交替,间或出现一片玉米或马铃薯田,也有黑麦、燕麦或英国来的草本植物田,苹果树零乱散布其间,农舍之间隔得相当远。除了谷地有一些沃土,大多是让爱国者满意的疏松的沙质土。今天上午,时有几处乡野在我们眼前呈现出它最初始的面貌,似乎印第安人仍在这里安居;行过一段,它好像又被新的拓荒者占领,他们杂乱无序地搭建起单薄的篱笆,一路延伸到水边,我们听得见狗吠,甚至还有孩子的咿呀学语声,炊烟从炉石上升起,河岸被分割成一块块牧场、草场、耕地和树林。然而,等到河面渐宽,河中出现无人的小岛,抑或一侧变成漫长低矮的沙堤曲折延伸,与另一侧形态迥异,显现出远方的海滨或单片海滩风光时,土地不再是怀抱河流的哺育者,它们变成了平等的对谈者,树叶的窸窣与水面的涟漪互答,乡野几乎不见围栏,只有一侧高大的橡树和成群的牛羊,每一条小径似乎都通向树林后,那树林也比别处更宏伟庄严,仿佛藏着某个隐蔽的中心。我们不禁想象,河流穿过的是个占地广阔的庄园,屈指可数的几个居民是庄园主的家仆,他们仍生活在封建制度下。

行至某一点,我们看到高夫斯顿山矗立在西侧,印第安人叫它昂肯努努克山。这是平静美好的一天,轻柔的和风吹皱水面,在河岸的树林中拂动叶片,温度也足以证明大自然对她的孩子们的慈爱。我们精神抖擞,冲劲十足,飞快地荡着小船一气冲到日上三竿。鱼鹰在头顶翱翔、尖叫。花栗鼠坐在犬牙形篱笆的高处,或是骑在探水枝条上,一只爪子像操作机床的车工一般转动着青色的坚果,另一只爪子把坚果紧紧固定在凿子般的门牙下。它像一片不羁的褐色树叶,依自己的意志沙沙作响;它一会儿窜到篱笆下,一会儿翻过去,一会儿透过缝隙偷窥两眼船上的人,可惜尾巴暴露了它的行踪,一会儿打量着深埋在美味果仁里的午餐,一会儿又跑到一钓竿外玩起了捉迷藏,它将一粒坚果塞进已藏了半打坚果的上颚里,脸颊鼓胀得滑稽可笑——或许它在研究怎样通过跳跃和翻筋斗发泄多余的精力;河水自顾自流过,它即便坐着也像在通过尾巴不断放电。伴着一声吱吱尖叫,它一头扎进榛树根部,忽然失去了踪影。个头较大的是红松鼠,或者叫赤栗鼠,有时也被叫作哈德孙湾松鼠,发觉我们靠近时,会发出奇特的警报,声音像在给一口结实的钟上发条。它蹿到松树顶端,藏匿在树干后,时而又小心而敏捷地从一棵树跳到另一棵树,似乎对自己的观察与判断把握十足。它在我们身侧大约 101 米以外,沿着白松的粗壮枝条奔跑,快如闪电,绝无失足,仿佛跑在一条熟得不能再熟的老路上。当我们的船渐渐远离,它又重拾采摘松果的工作,将它们撒落到地上。

今天上午过克伦威尔瀑布。这是我们在梅里马克河上遇到的第一个瀑布。我们选择走船闸,没有用自带的轮子。这个瀑布就是印第安人的内森基格。大内森基格河就在前方右侧,小内森基格河在下游方向稍远,两者都在利奇菲尔德镇域内。我们在《地名词典》中"梅里马克河"词条之下读到,"该镇的第一座房屋建在河边(1665 年后不久),是一处与印第安人的交易站。一段时期内,克伦威尔通过与他们的贸易获利颇丰,他用脚称量毛皮的重量,最终惹恼了印第安人,不管他的欺骗是事实还是误解,他们决定杀死他。有人将这个消息通报给克伦威尔,他将钱财埋入地下后匆匆逃离。几个小时后,一队皮纳库克族人来到这里,没能找到复仇的对象,便放火烧了他的住宅"。此地高耸的堤岸上,靠近河流的位置上,仍能见到他的地窖,现在已是林木茂盛。往上是第一道瀑布,往下是定居点,这是一处便利的交易点,河上风光也赏心悦目,还可以望见带着毛皮从上游方向过来的印第安人。船闸管理员告诉我们,人们在这里挖出了克伦威尔的铁铲和钳子,还有一块写着他名字的石头。但我们不确定这故事是否真实可靠。1815年的《新罕布什尔史料集》记录道,"一段时间后,人们在井里发现了锡器,在沙中找到一口铁锅和渔网,后者被保留下来"。这些都是白人贸易商留下的痕迹。在河对岸有一处凸出的岬角,我们一上去就捡到了4个箭镞和1个石质的印第安小工具,与克伦威尔交易的印第安人显然曾在此处搭建棚屋,早在他到来前,他们就在此打鱼、狩猎。

关于克伦威尔的地下宝藏,传言从未停歇。据说几年前,离此不远的一位农夫犁地时犁头从一块扁平的石块上划过,发出了空洞的响声,农夫翻起石块后,发现一个用石块砌成的小洞,直径约15厘米,洞里的钱已经被人拿走一部分。船闸管理员又跟我说了一个类似的故事,邻近村镇上一位穷困潦倒的农夫突然买下了一处优质农场,生活也变得优渥,被人问及时,却无法给出合理的解释。老天,有几个人说得上来呢?这让他的雇工突然想起,有天他们一起犁地,犁头碰到了什么东西,他的雇主走过去看了看后,决定就放弃犁地,说天色不好,收工回家。这类似一夜暴富的故事让人回忆起种种往事,却没有一桩得到证实。事实是,宝藏处处有,只要去发掘。

离瀑布不远的谷地上有一棵橡树,距离河流约400米,属于伦德先生的农场。我们被告知橡树所在的位置就是当年从邓斯特布尔出发追击印第安人的队长弗伦奇的遇难地,法威尔则藏身在附近密林中逃过一劫。这一带如今空旷宁静,完全看不出昔日有人在此仓皇逃命。

站在堤岸上可以看到利奇菲尔德的公路旁同样有一大片沙地。一些地块的沙层被吹掉了3~3.6米,只留下一些奇形怪状的小丘,高度与沙地齐平,<u>一丛丛灌木在上面牢牢扎根</u>。我们了解到,30或40年前,此处曾是牧羊场,但绵羊苦于跳蚤骚扰开始刨地,破坏了草皮,导致沙被吹散,迄今沙地已覆盖了16万~20万平方米之广。这一灾害本可轻松治理,即首先将桦树连带叶片铺在沙地上,然后打桩固定，就能阻断风吹起沙尘。结果，跳蚤叮羊，羊啃地，几个小小的肿块最终竟扩散至此。轻微的瘙痒酿成如此大规模的破坏，实在令人心惊。天晓得掩埋了商队和城池的撒哈拉是不是也始于非洲的跳蚤叮咬？可怜的地球，到底有多少地方在发痒！为什么仁慈的神不给它的肿块抹上桦树药膏？

我们注意到，这里也有印第安人的石堆，也许是议事会的营火遗址。石块的重量阻止了下面的沙被吹走，最后留下它们堆在小丘顶上。据说此处还可以找到箭镞、铅弹、铁弹。一路上，我们看到好几处沙地，那些地方即使只能看到一小段河面，也能根据黄色的沙滩将河道与近旁的山脉区分开来。我们听说，同样的情况还引发了好几起诉讼。铁道建在某些脆弱的地区，破坏了草皮，导致沙被吹散，最后将肥沃的农田变成荒漠，造成这些破坏的公司理应赔偿损失。

我们把这片沙地看作陆地和水的连接带。它是一片可以行走的水域，水面上留着风雕出的层层波痕，与溪流或湖泊底部的景象毫无二致。

梅里马克河河口有普拉姆岛，其形成也应与这些沙质河岸有关,岛上同样有流沙堆积的沙地,色彩斑斓,风在上面吹出一条条优美的曲线。它只是一片露于水面的沙洲,长约 14.5 千米,与海岸平行,不算岛中沼泽的话,岛宽充其量不过约 800 米。岛上只有 6 幢房子,树木稀少,没有草地,没有任何我们熟悉的乡野植物。稀疏的植被有一半埋在流雪般的沙下,岛上唯一一种灌木是仅有几英尺高的海滨李——该岛因而得名[1]。这些海滨李树极其丰产,每逢 9 月会有上百人一齐从内陆出发,沿梅里马克河而下,到岛上支起帐篷,采集李子。这些李子生吃或腌渍皆宜。纤巧雅致的海滨山黧豆以及几种像苔藓一样的奇怪多肉植物也在沙洲上生长繁茂。岛上满布一座座由风雕塑而成的扇形矮丘,高不足 6 米,除了在沼泽边缘有一条不明显的小径,全岛几乎像撒哈拉沙漠一样无路可循。这里有荒凉的沙崖和风犁出的峡谷,你尽可以想象在此发掘出商队的遗骸。波士顿来的大篷车将沙子一车车运去做建筑材料,要不了几个小时,风又会将他们工作的痕迹抹除得干干净净。但在岛上的任一处,只要向地下挖一两英尺就

---

[1] 引自 16 世纪英国剧作家、诗人克里斯托弗·马洛(Christopher Marlowe, 1564—1593)的诗作《海洛与利安德》(*Hero and Leander*)。

能找到淡水。此外，你还会惊讶地发现，四周到处都是土拨鼠，还有狐狸，但找不到它们栖身的地洞。低潮位时才会露出可以踏足的坚实地面，沿着宽阔的沙滩将岛从上到下走一遍，整个马萨诸塞州也难觅比这更壮观、更荒凉的徒步路线。海边几点远帆和骨顶鸡打破单调枯燥的画面。孤零零的一根立桩，或是较陡峭的沙峰都能成为方圆几英里内的地标。至于音乐，这里只有无休无止的水浪拍岸声和沙滩水鸟的嘶哑鸣叫。

船行至克伦威尔瀑布，几艘运河船在过船闸，我们排在后面等待。一个强壮的新罕布什尔人站在一艘船的船首，靠着桅杆，只穿衬衣和长裤，没戴帽子，活脱脱一个自"广袤的高地国家"[1]来、往海洋去的粗野太阳神；我们看不出他的年纪，他有亚麻色的头发和一张饱经风霜却神采奕奕的脸，阳光在他的皱纹里驻足，他像一棵挺立在山上的槭树，任是酷暑、霜冻和世俗烦恼都难以撼动分毫。他衣冠不整，蓬头垢面，举止粗野，我们与他攀谈了一阵，分别时还怀着对彼此的真诚兴趣。他本性诚挚而遵

---

[1] 引自克里斯托弗·马洛的诗作《海洛与利安德》。

循本能，粗野只是外在的行为。当我们走远，即将划出声音所及范围时，他问我们是否杀过生，我们在他身后大声喊，我们射中过一个浮标。他挠了好一阵子脑袋，不知是否听清了我们的回答。

  船闸还在注水，也许我可以乘此空闲讲个故事，毕竟这一上午的航程中没发生什么大事。

  一个夏日清晨，我从康涅狄格州的海岸出发，花一整天时间沿一条自西流入的河流岸边上行。我时而俯身看河，河水泛着泡沫和波浪从我穿越的山丘流入 1.61 千米外的森林；时而坐在乱石嶙峋的河边，将脚探入急流，或是大着胆子在河中央洗澡。越往前行山越密，逐渐从丘陵升级为山脉，河道被它们环抱在怀中，让我无法判断水源的方向，只得自由发挥，想象它上游蜿蜒曲折，跌宕奔涌，无比美妙。中午时分，我躺在槭树荫下的草地上小憩，这里的河道比之前宽阔许多，水很浅，常有沙洲散布。通过查询附近的乡镇，我认出了几个很久以前在运货大马车上见过的名字，都是些河流上游遥远的乡村，宁静、地处高原，以多山著称。我一路沉思，陶醉于一排排糖槭树，路过几个小村，所幸那里没有好奇的眼光，又欣喜地发现沙洲上有小舟搁浅,似乎无人使用。对于一条河,船和鱼一样必不可少,事关它作为河流的尊严。它就像山溪中的鲑之于海里的鱼群,又像出生在内陆,从未听过海浪声音的陆蟹幼崽。

河流两侧的山越来越逼仄,最终在我身后闭合,夜幕降临前,我发现自己进入了一个浪漫而隐蔽的峡谷,长约800米,宽仅容水流从底部通过。在我看来,这是搭建山间小屋的绝佳地点。你可以在任何地方踏着石头过河,河水的低语永远能让人类的激情冷静下来。突然间,这条看似通向山一侧的道路急向左转,又一道峡谷在眼前展开,它替代了前一道,风光却并无不同。这是我见过的最奇特迷人的景观。在这道峡谷中,我遇到了几个好客的居民,但离日落还有些时间,我急于趁天光赶路,便在他们的指引下,继续走了6.4~8千米去找一个名叫赖斯的人的住所。他住在我要经过的最后也是最高一处峡谷中,在人们口中,他是个不开化的粗野人。但我相信,"懂科学者,无分国内国外;言辞可亲者,无分生人熟人"。

太阳落到了山后,在一道更晦暗更幽静的峡谷里,我终于找到了赖斯的家。这里就像是亚瑟王故事中贝尔菲比背着受伤的提米亚斯去的隐蔽处，只是平原略窄，石头是坚硬的花岗岩。

待我走近，我发现那人并没有预料中野蛮。他养了许多牛，为看管牛又养了狗，我还看到他在山坡上制作的槭糖，最重要的是，与门前激流的哗啦声交织在一起的，还有孩童的话语。他家马厩旁有一个人，我以为是负责照管牲口的雇工，问他家里是否接待旅行者？"有时候会。"他粗声回答。说完便往离我最远的牛棚走去。这时我才意识到，我搭话的应该是赖斯本人。鉴于周围的荒凉景象，这样的不文明可以谅解，我抬腿向屋子走去。这条路上虽然人来人往，但前方没有路标，也没有常见的迎客路牌，只在屋外挂了一块小牌，上面写着主人的姓名，我将它看作隐晦与消极的邀请。

我从一个房间逛到另一个房间，一个人都没见到，最后来到一处似乎是客房的地方，房间整洁干净，甚至称得上精致，墙上挂着一张地图，正好可以指引我明天的路线，这让我十分高兴。远处终于传来脚步声，来自我刚才查看的第一个房间。我赶紧过去看是否主人来了，却只看到一个孩子，大概是主人的儿子，之前说话的孩童中应该就有他。我和孩子之间，还有一只站在门廊上冲我低吼的大型看家犬，它似乎随时都能跃起扑过来，但男孩并没向它下达指令。我向男孩讨杯水喝，他只简短地回答，"角落里有流水。"我从柜台上取了一只马克杯，走出门，在房子的屋角周围找了一遍，除了门前流淌的河水，没有井，没有泉水，什么水都没有，只得再回到屋内，放下杯子，问那孩子屋前的河水能不能喝？他拿起杯子走到房间一角，原来那里有一根水管将后山的泉水引入客房。他接满水，喝掉，再将空杯子递给我，便叫上狗跑了出去。没过多久，又进来几名雇工，他们饮水解渴后，开始懒洋洋地清洗身体，梳理头发，一声不吭，有人似乎已筋疲力尽，倒在椅子上就睡着了。自始至终，我都没见到女人的身影，不过有时能听到从泉水引入的方向的屋子里传来阵阵忙乱的喧哗。

等到天完全黑下来，赖斯终于出现了。他手拿一根牛鞭，气喘吁吁，同样一进来就在离我不远的地方找了把椅子坐下。看来他今天已经收工，不用再奔波，可以舒舒服服享受晚餐了。我问他是否能给我安排一张床？他说已准备好了，听他的口气，好像觉得我早该知道，不应再提起。到目前为止，一切顺利。可他的眼睛还在盯着我，似乎期待我聊一些旅行者该聊的话题。于是，我评论说他住的这一带荒蛮野性，路途崎岖，值得长途跋涉一游。"并没那么艰苦。"他说道，又让他的雇工证明，他的田地虽然局限在一小块平台上，但足够宽阔平坦，继而开始赞美他的庄稼高大壮实。他说，"要是再多几个山头，那就是世界上最好的牧场了"。我问他，此地是不是我在地图上查到的某个地方，或者是另一地？他粗声粗气地回答都不是；是他在这里定居，在这里开垦，一手将它变成现在的样子，而我对此一无所知。我注意到房间四面墙壁上都有支架，上面摆放有枪支和其他狩猎用具，猎犬正在地板上呼呼大睡，我赶紧转换话题，问他周边的山林里是否有很多猎物？面对这个问题，他态度和善了许多，多少领会了我闲扯的意图。可当被问起当地有没有熊时，他又不耐烦了，声称他的羊面对的风险不会比邻居家的更大；这一地区已被他驯服、开化。我们的闲聊停滞了一会儿，我记起明天计划趁着白天在这空旷而多山的乡野走上几个小时，现在该去睡觉了。我说这儿的日照条件应该不如相邻的平原吧,他生硬地问我对此了解多少,并断言他这里的日照和邻居一样多,进而声称,如果我多待些时日,就会发现这里的白昼比我住的地方还多。

说实话,我不太能理解为什么山里的太阳会比相邻的平原早半小时升起,又晚半小时落下。此类大话他还说了不少。他真是粗鲁如希腊神话中的森林之神萨梯。但他是怎样的人跟我又有什么关系呢?——我为什么要与自然争辩?我甚至乐于发现这样一个特立独行的自然现象。我放弃一切对于礼貌的要求与他相处,而他身上自有一种鲁莽与可爱。我不会质疑自然,宁可接受他本来的面貌,也不想让他变成我希望的样子。我登山而来,并非为寻求共鸣,也不为善意、不为交流,仅为新奇与冒险,为欣赏大自然留在此处的作品。所以,我不排斥他的粗野,而是心怀纯真去欢迎它,懂得如何去欣赏它,就好像在阅读一部老剧本,重温里面经久不衰的旧台词。他确实粗糙感性,不开化,但我说过,我不会怀疑他与自然、与他人较劲的正当性,他欠缺的只是对坏脾气的刻意遮掩。他质朴如土地,其中亦有沃土,内里甚至长存有源自撒克逊人的正直。如果面临印第安红人同样的境遇,他不会让种族特性在自己身上消亡。

最后,我告诉他,他是个幸运的人,相信他一定对拥有这么多日照感到庆幸,随后站起身,向他要一盏灯,想要现在就结清住宿费,因为明天打算尽早出发,赶在太阳从他的田野上升起时就踏上旅途。可这次他相当客气,赶紧回答说不管多早,我都能在这里找到醒着的人,他家里没有懒虫,而且如果愿意,可以和他们一起吃过早餐再上路。在他点灯的时候,我从他脸上瞥见了真诚的好客与古老的礼数,他模糊而湿润的双眼里,有纯净甚至温柔的人性在闪光。比起他一辈子说过的话,这神情令我更感亲切,更能说明一切。赖斯这样的人在当地或许不止一个,但它的意义超出任何一个赖斯的理解范围,即使未经教化也早已具备——这一瞥所看到的纯净特质虽然不一定能令他完全开窍,却在当时当刻给他打下了印记,指引他,让他略微收敛了声音和举止。他兴冲冲地领着我去套间。雇工们在居中一间房的地板上睡得东倒西歪,跨过他们的胳膊和腿,我们来到一张干净舒适的床边。

这是个闷热的夜晚,屋里的人们都入睡后,我在敞开的窗前听着小河低语,愉快地坐了很久。第二天一早,在主人、雇工，甚至他的狗醒来前，我就伴着星光起了床，在柜台上留下了 9 美分。在他们吃早餐前，我已经跟着太阳一起爬到了半山。

我还未走出赖斯的田地，第一缕阳光已经斜斜铺上群峰。停在路边采摘树莓时，一位年或近百的老人拎着挤奶桶向我走来，然后转到路边，站在我身旁，也采起浆果来。

我向他问路，他用低沉嘶哑的声音回答，却连眼皮也不抬一下，仿佛我根本不存在。我把这归因于他已年迈。现下，他一边自言自语，一边继续去旁边的牧场收奶；突然他又折返回路旁，顾不上继续往前走的牛群，停下脚步，脱下帽子，对着早晨清凉的空气大声祈祷，不知是不是之前忘了这一仪式。他感恩每日的面包；感恩上帝让雨降到义人和不义之人身上；没有了上帝，连一只麻雀都不会落地。他的祷文没有忽略陌生人（也就是我），还提出了更直接、更个人的吁请，虽然大部分是无论山上还是山下居民惯用的套话。等他祈祷结束，我冒昧地问他家里是否有奶酪可以卖给我？他又恢复了之前的模样，眼皮也不抬，语气冷淡地说他们不做奶酪，就径自收奶去了。正如《圣经》所说，"陌生人怀着失望的希望离开房子，留下自己的过错，带走主人的所有善行"。

我们的船陷在本周的贸易大潮中，开始更频繁地遇到船只，我们不时以水手间的率性向他们致意。船工的生活看似轻松自得，比起各种世人追逐的职业，我俩都更愿意做船工。从他们身上可以看出，获得幸福与安宁并不需要太多必要条件，职业本身无关紧要，只要投入充足的精力与自由，任何工作在别人眼里都能显出高尚和诗意。自由自在的生活，宜人的气候，再简单不过的工作，任何可以待在户外的无可争议的乡村生活方式都令人神往。每日笃定摘豌豆并以此为生的人不仅值得尊重，更是他那在店铺里累得筋疲力尽的邻居羡慕的对象。假如善神允许我们从事户外工作，并丝毫不觉虚度此生，那我们会比鸟儿更快乐。我们的小刀在太阳下闪光，我们的声音有树在回应；如果掉落了一支桨，那索性让它再掉落一次。

运河船的结构非常简单，只要少量船木就可制作，据我们所知，它的造价仅200美元。一艘船需要两个人操控，逆水上行时使用 4.2~4.5 米长的撑篙，竿顶为铁制，驾船者站在从船头往船尾方向大约三分之一的位置上。顺流而下时通常航行在河道中央，首尾两头各一支桨划行；遇上顺风，升起宽大的船帆，船工就只需要把舵控制方向。船上载货多为木材或砖块，一船可载 15 捆或 16 捆木材，砖可装上万块，回程则带上乡间日用杂货。往返康科德镇到查尔斯顿单程需用时 2~3 天。船工们有时会用木材在船上堆出一个可以避雨的庇护所。也许再没有比这更健康、更适宜沉思和观察自然的工作了。与海员不同，运河船工可以靠不断变化的河岸全景缓解劳作的枯燥。在我们眼中，他们无声地在城镇间漂泊，所有家当都在船上，家是移动的；他们还可以对河边的居民随意评头论足，无惧危及自身，而马车里的旅行者却因为怕得罪人，不敢在狭小的交通工具空间内放肆发挥机智与幽默。他们不像缅因州的伐木工要忍受一切恶劣的气候变化，呼吸间全是健康的轻风；衣服虽然有点儿碍事，但可以经常不戴帽子，还可以光脚。中午和我们相遇时，他们正悠闲地顺流而下，繁忙的商贸活动看起来完全不是苦役，反而像东方代代相承的古老的象棋游戏，而今传到了他们这一代。从早到晚，除非风力有利到只需一张帆，除了掌舵别无他事，大部分时候，船工都要在船侧甲板上来回走动，不时弯腰用肩膀顶住撑篙，慢慢收回，然后再次下篙，但与此同时，他可以在无尽的峡谷和不断变换的景物间漫步，1.6~3.2千米后，河流突然急转，船驶进了一个小小的森林湖泊。他周围的一切现象都简单而宏大，自有其动人乃至壮丽之处，他的每一个动作都自然流露出他的特质，而他骄傲地感受着身下缓慢却不可抗拒的移动，把它当作自己的能量。

从前，每隔一两年，就有一艘这样的运河船溯康科德河而上。有人看到它神神秘秘地悄声穿行在草地，驶过了村庄，消息很快就像野火一般在我们这些孩子中传开。它来去都像一片云般沉默，没有噪声和灰尘，见到的人也不多。某个夏日，你也许能看到这体形庞大的旅行者停泊在草地码头上，有些日子又不见它的踪影。船从哪里来？船上的人是否比我们这些下河洗澡的孩子更了解礁石和水深？我们不得而知。我们只认识几个河湾，但他们能从河的一头到另一头。在我们心目中，他们就是所谓的水手。一个普通的乡下人要通过什么手段才能联系上他们？我们简直无从回答。他们能随意停船吗？不，只要大概知道他们的目的地或是计划的返航时间就已经叫人心满意足了。我曾在夏日见过他们。当河流水位降低，他们在约90厘米深的水里清理河道中央的水草，一边说着刈草人间的玩笑话，一边开出一条宽阔的刈道。他们大概是在为自己的驳船开路。这个季节罕有适合晒干草的天气，所以那些割下来的长草不等晾干就被排成长列顺水漂往下游。他们的船像一张硕大的木片浮在水面，引得我们不住赞叹，船上能装这么多桶石灰，成千上万的砖块，一堆堆铁矿石，还有一辆辆手推车，我们走上去它竟纹丝不动，我们的体重对它毫无影响。它让我对浮力定律的普遍适用充满信心，并且不禁畅想起它的无限用途。这些人大概以船为家，有人说他们就睡在船上。有人证实船上有帆，这里的风和海风一样，能将船帆灌得鼓起，但还是有人心存怀疑。有幸运的渔夫出门看见它在我们的费尔黑文湾上航行，但不幸的是其他人没能看到。这么说，我们可以宣称，家门口的河上也可通航——为什么不呢？后来，我如愿以偿地在书报上读到，有人提出，只要投入少量资金移除礁石，加深河道，"也许可以开辟出一条有利可图的内河航线"。我那时的住地刚好能证明这一想法。

这就是贸易，它撼动了偏远岛屿上的椰子树和面包果树，哪怕最蒙昧、头脑最简单的野蛮人也迟早会理解并接受。

我们出发后，河岸的铁路在继续延伸，梅里马克河上现在已难得见到船了。从前靠各种水运产品和其他物资，现在都不往河上送了，只有木材和砖块还用船运往下游，但这些火车一样能运。船闸正在快速磨损，很快就要无法通行，由于通行费抵不上维修费，短短几年后，这条河上将再无行船。目前航运的主要河段集中在梅里马克和洛厄尔，以及胡克塞特和曼彻斯特之间。根据风向和天气状况，往返梅里马克和洛厄尔的航船一周两班到三班，单程大约40千米。船工在深夜唱着歌靠岸，泊好空船，就近找户人家用餐住宿，第二天清晨，或许还伴着星光，就再度启程逆流而上。一声呼喊，几句歌声，向船闸管理员通报他的到来，然后他们一起吃早餐。如果能赶在中午前靠自己单枪匹马装上货，就能在夜幕降临前往下游返航。等抵达洛厄尔，卸下货，拿到收条，在米德尔赛克斯或别处的酒馆里听几耳朵新闻，然后驾着空船回去，把口袋里的收条交给货主，再领到新的一单。我们经常能从身后轻微的窸窣声判断他们的到来，环顾四周，就能看到他们在 1.61 千米之外悄然上岸，活像几条短吻鳄。不时同这些梅里马克河上的船工打招呼，跟他们打听各种传闻真是一件快乐的事。我们猜，准是因为他们不戴帽子，才让阳光直接通过头顶，给他们最隐秘的思维打上自由与外向的印记。

阳光充足的谷地平坦开阔，中间有两三片台地从河边往远方山区延伸。我们爬上岸，总能看到一片沿河生长的杂乱矮树林，原始的林木很久以前就已顺流而下，加入了"国王的海军"[1]。有时，我们可以望见河岸400~800米外的沿河公路和色彩斑驳的康科德驿马车和它扬起的尘土，车厢里是旅行者热切的面孔，车后是灰扑扑的行李箱，提醒我们纵是乡下也少不了供浮躁的扬基们聚会社交的场所。这片谷地上零星居住着几户人家，他们从事种植和畜牧，过着宁静的生活。我们观察过，每户都有井，时值正午，家家户户却异常冷清，也许是都在吃午餐。那些新英格兰

---

[1] 此处指英国海军。

人，他们祖祖辈辈在此务农，父亲、祖父、曾祖父，一代又一代，无声无息，秉持传统，心怀希冀。可除了风调雨顺和丰产丰收外，我们不知道他们在希冀什么。他们活得满足，因为这是为他们规划好的一生，他们的命运早已落定。然而，他们不必出门游历就可以像所罗门一样睿智，所有国家的人生活都大同小异，充塞着同样的朴实经验。一半人就能了解另一半人的生活。

中午经过桑顿渡口，这是梅里马克河上的一个小村。我们还品尝了同一侧汇入的纳蒂库克溪的水，弗伦奇和他的同伴就在那里中了印第安人的伏击，我们在邓斯特布尔见过他的坟墓。河东岸渡口对面的利奇菲尔德村毫不起眼，他们的教堂没有尖顶，村旁有一片茂密的柳林，再往后是沿河生长的槭树。我们发现这里生长着粗皮山核桃树。康科德没有这种树，之前我们只见过它的果实，见到它的新奇感不亚于见到棕树。我们的航道划了道优美的弧线，在梅里马克一侧留下一片低洼平坦的河岸，成为运河船的天然港湾。秀美的榆树和极其高大挺拔的糖槭树矗立在这片平地上，引人注目。河对岸往下游方向约400米处长满了榆树和糖槭幼苗，高仅约15厘米，可能是从对岸冲来的种子萌生而来。

青翠的堤坡上，几个木匠在修一艘平底驳船。河两岸和上下游间回荡着敲木槌的声音，他们的工具在距离我们约400米处被阳光照得熠熠生辉。我们意识到，造船和农业一样，都是古老而高尚的艺术，海军生涯和田园生活同样令人向往。岸上那条底朝天的驳船身上书写着整部商贸史。人们就这样从陆地驾船下海，"船儿久立浪尖，肆意碾过未曾谋面的波涛"。[1] 我们认为旅行者最好选择在河岸上造船，不要选择渡口或桥上。在毛皮商人亨利的历险记中，他和印第安人在安大略湖边，花两天时间用榆树皮制作了两艘独木舟，然后划着它们去了尼亚加拉要塞那一段读来真是趣味横生。这些意外事件在旅途中自有其价值，虽然时间上有所耽搁，但丝毫不逊色于快捷顺利的旅途。我们对色诺芬[2]撤退的故事感兴趣，在很大程度上在于他用圆木、柴束和吹起的羊皮扎成筏子让军队安全过河。除了河岸，还有哪里更适合他们驻扎呢？

---

[1] 引自奥维德（Ovidius，前43—17或18）的《变形记》（*Metamorphoseon libri*）I.133。
[2] 色诺芬（Xenophon，约前440—前355），古希腊雅典人，历史学家，苏格拉底的弟子。他以记录希腊史、苏格拉底语录著称。

我们从离他们稍远的地方划过，暴露于旁人眼光下让这些户外工作者更添了几分自豪。这是大自然产业的一部分，和大黄蜂与泥蜂的工作一样。旅行中的烟霾和太阳的尘埃让陆地和陆地上的居民犹如喝了忘川水，一切生物都在大自然几不可察的潮起潮落中随波逐流。

这个正午正适合停泊休憩，看些像我们一样既不恪守道德规范，也无过度好奇心的旅行者的日志，还有那些古老的经典，一切读物的精华，我们之前迟迟未读，正是等待这样一个时机。可是，唉！我们的胸膛只有贸易船的船舱那么大，里面装的所谓文学作品只是些被翻烂了的航行指南，所以眼下只能靠回忆来阅读。

索希根河，也有人译作"弯曲河"，在桑顿渡口往上游大约2.4千米处由西侧汇入梅里马克河，河口附近又有巴布萨科溪汇入。虽然梅里马克河就在近旁，但据说尚未得到开发的索希根河才是全国最好的水资源。1677年3月22日，一个春日的清晨，这里的河岸上发生的事引起了我们的兴趣，因为它记录着两个人类的古老部族间的一场会面，其中一个部族现已灭亡，另一个虽仍有少得可怜的残部作为代表，但也早已离开了他们的古老猎场。

一位名叫詹姆斯·帕克的先生在给"梅里马克河附近的辛奇曼恩先生"的信中这样写道："致尊敬的波士顿州州长及市政会，加急"——

今天早上萨迦莫尔·瓦纳兰塞特来通支（知）我，再去廷先生家报信，说这个月22日上午10点左右，他儿子在梅了（里）马克河的另一则（侧），正对索希根河的地方发现我们这边有15名印第安人活动，说话可能是莫霍克人。他跟他们打招呼，他们回应了，但听不冬（懂）。他在河上有条木头（独木舟），为了不让那伙人拿去用，把川（船）搞坏了。那伙人朝他射了差不多30枪，把他吓坏了，赶紧逃回了那汉考克（在波塔基特瀑布或是洛厄尔），他们在那里有朋（棚屋）。[1]

皮纳库克人和莫霍克人！这些民族到处都有吗？

---

[1] 这封信出自印第安人之手，原文有很多拼写和语法错误。

1670年，在如今洛厄尔附近，一名莫霍克战士残忍伤害一名南基克或瓦米希特少女，她却竟然康复活了下来。迟至1685年，一位名叫约翰·霍金斯的皮纳库克印第安人在给总督的信里描述他的祖父曾经住在"一个叫马拉马克河的地方，用得多的名字还是纳图考克和帕努考克，那条河有很多名字"。

尊敬的总督，我的朋友：

您，我的朋友，我急需您的信仰和威权，希望您大力协助解决此事。我又穷又没衣服穿，身边也没旁人，因为我一天到晚、时时刻刻都在担心莫霍克人要来杀我。您祭神时，请帮我祈祷，让莫霍克人不要来马拉马克河边的我家，又被称为帕努考克和纳图考克的地方杀我。我将臣服于您的信仰和威权。现在我需要火药、弓箭和枪，因为我在家里修了工事，还在那里种地。

这封信出自印第安人之手，恳请怜惜您卑微的仆人。

约翰·霍金斯
1685年5月15日

信上署名有西蒙·迪托科姆、金·哈里、萨姆·利尼斯、乔治·罗顿诺努格斯先生、约翰·奥沃纳西姆明以及其他9位印第安人，签名旁均有画押。

距离写下这封信的日子已经过去154年，如今我们无须心惊胆战地上路，不用"搞坏"我们的"独木舟"，读着新英格兰《地名词典》，岸上再也不见莫霍克人的踪迹。

索希根河水流虽急，今天却似乎借来了几分正午的悠然闲散。

一天中最热的时刻，我们在距离索希根河河口以上约1.6千米的一座大岛上休息。一群牛在岛上吃草，河岸陡峭，零星生长着榆树和橡树，两侧河道足够让运河船通行。我们生火煮米饭，准备留到晚上吃，火苗在干草中蔓延开来，卷曲的炊烟无声地升起，在地面投下奇形怪状的影子，仿佛正午的幻象。我们幻想着自己毫不费力地溯流而上，自然得如同风吹过来，潮水往下滚，没有不必要的奔忙与急躁糟蹋这平静的岁月。邻近的河岸树林中有鸽群栖息，刚才往南飞寻觅橡子的它们现在也和我们一样，在树荫下午休。我们可以听到它们不停更换落脚点时的振翅声，那是一种细微，如金属线般的上升气流，还有它们带着颤音的温柔咕咕声。这些正午时和我们一起歇脚的鸟儿是比我们伟大得多的旅行者。每天的这个时候，经常可以在树林深处看到一对鸽子栖息在白松底部的枝条上，沉默而孤立，像一位避世隐者，看似从未飞出树林，其实从缅因州森林中采集来的橡子还留在它们的嗉囊中未消化完。我们抓到这样一只俊俏的鸟，它在枝头逗留得太久。它被拔了毛，和其他猎物一起架在火上烤炙，然后被带着上路，成为我们的晚餐，因为除了自带物资，我们还要靠河流与森林为我们提供补给。的确，拔掉鸟的羽毛，掏出它的内脏，将它的尸体架在炭火上烤炙不是对待鸟的正确方式，可我们还是像英雄一般坚持这一做法，不过，对这个问题，我们未来也许会得到更进一步的启示。对大自然的尊重激发了我们对其中生灵的同情，也让我们有勇气继续未竟的事业。我们将高贵地对待那些被舍弃的生命；这出无止境的悲剧获得过神的许可，待我们实现命运，完成使命，最终或许可以辨别其中的清白无罪。

我们在这个岛上消磨了太长时间，直到下午很晚才扬起风帆，西南风助我们一臂之力，但只短短一个小时，老天就不愿作美了。我们挂着一张帆，沿河流东侧缓慢上行，小心操舵避开礁石，另一侧是山壁，伐木工从山顶将圆木滚入河中，让它们顺水往下游漂去。他们的斧头和撬杠在阳光下闪闪发光，圆木裹挟着尘土和巨响滚落，轰隆声回荡在我们这一侧河畔的树林中，犹如阵阵火炮声。此时西风迅速将我们送走，再也看不见、听不到这场人类的商贸活动。

过了里德渡口和一个叫麦克高的岛，我们来到一处被称为摩尔瀑布的险滩，进入"河的这一段长约14.5千米，依法改造为联邦运河，该段包括6道不同的瀑布，每道瀑布以及其中间河道均已完成改造"。经由船闸通过摩尔瀑布后，我们再次握起双橹欢快地划起来，把前方小小的矶鹞赶得在岩石间蹦来蹦去。河畔少有农舍且相去甚远，我们路过就靠近了去欣赏他们门前的向日葵和罂粟，但不去打扰它们身后冷清的人家。罂粟的种皮犹如一盏盏玲珑的高脚杯，里面盛满忘川水。

就这样，我们时而靠风帆，时而摇橹，沿宽阔的河面一路上行，平稳沉静的水流盖过礁石，清透的水底小梭鱼历历可数，它迫切想要绕过远方的岬角来个大转折，体验多变的人生，打开新的眼界；它想深入那广袤安详的新原野，看看它从未见过的拓荒者的村舍，那屋顶上的青苔已滋生了百年，生活其中的已是拓荒者的第三代、第四代。阳光和夏日，春花与秋叶，这些与沿岸的小屋有什么关联？小屋里散发的光线又怎样为这风景添色？乌鸦飞翔、矛隼盘旋又为何总围绕着小屋？细想起来都颇为神奇。陪伴我们的，还有始终富饶肥沃的水岸，藤蔓垂岸，小鸟成群，松鼠雀跃，我们划过某位农人的天边，划过某位寡妇的小树林，也许还有更荒蛮之地，在那里，麝鼠拖着自己的身躯从椴木落叶和蚌壳上悄声溜过，人和人的记忆都被摈除在外。

河岸绵延不绝，永不沉没，永远坚守，清凉的矮树林和宁静的牧场终于引得我们上岸。尽管对迄今这一带的人类居民没有任何了解，我们还是冒险踏足这偏远的水滨，准备探访这片土地。我们还记得那虬结而热情的橡树，为了迎接我们长在那里，与我们一见如故；还有牧场上孤单的马，慢吞吞的母牛，后者精明地选择了一条顺利绕过艰难险阻的路线，我们便跟在它们身后，打搅了它们在树荫下反刍。最难忘的，还是那些淡定而自由的野苹果树，它们慷慨地向我们提供果实，坚硬、饱满、光滑的果子还很青涩，虽然未熟，但没有毒。它们同样具备新英格兰的气质，我们的祖先把它们的祖先带来这里。这些温和的树种给这片荒蛮的土地带来了半开化与朦胧的曙光。行至更远处，我们爬上一条溪流岩石嶙峋的河道，长期以来，这条溪充当了天然的蓄水池。我们像溪水一样，从一块岩石跳到另一块，穿过错综复杂的树林。溪谷底部越来越幽暗，水流声也越来越嘶哑，最后我们到达了一处废弃的磨坊，如今那里已爬满常春藤，碎裂的水槽间有鲑鱼的鳞片闪着光。我们不禁想起早期拓荒者们的梦想与揣测。天色渐暗，催我们再度启程，在潺潺流水上用大幅度的有力划动弥补被挥霍的时间。

四周仍是荒僻之地，每间隔 1.6~3.2 千米才能看到一幢农舍的屋顶。我们读到过，这一地区曾以编织麦秆草帽闻名，据称是这种帽子的发源地。河畔有时会有勤劳的少女迈着轻快的步伐走到水边，装作浸湿草帽，却站在那儿目送船上的人渐渐远去，听水波传来我们哼唱的船歌。

我们赶在日落前抵达了位于贝德福德镇域内的几道瀑布前，几名石匠被请来修理偏僻河段上的船闸。他们对我们的探险很是好奇，特别是一名与我们年岁相仿的年轻人，先是问我们是否要去"斯基格"，听说我们的经历后，一边打量我们的着装，一边又问了好些问题，但他并没有逾界，不时转头回去工作，似乎自觉职责在肩。看得出来，他很想跟我们走，当他望向河面，眼中仿佛映出了远方的一重重岬角与林木茂盛的河岸，思绪也跟着飞去了那里。我们做好过闸准备后，他放下工作，带着沉默的热忱帮我们通过船闸，并告诉我们这儿是库斯瀑布。离开他划出很远后，我们仍能听到他凿子的敲击声。

今晚，我们本想去瀑布上游的河中央找块大岩石过夜，但一来岩石上找不到柴火，二来帐篷难以固定，只得作罢。最终，我们在大片陆地对面，河西岸贝德福德镇上找到了营址。此处应该很僻静，四下望不到任何房舍。

星期三

清早，我们卷起水牛皮，在晨露中装船，营火的余烬还在冒烟。我们碰到修船闸的石匠们上工，昨夜探查礁石时看到他们的船在过河，早上才发现我们的帐篷正好扎在他们去乘船的路当中。这也是我们的营地唯一一次被人看到。就这样，我们远离人来人往的公路和尘土飞扬、喧嚣嘈杂的旅途，悠闲地观察着世界，私密，然而自由。别的道路建在对大自然的暴力破坏之上，并且让她面对旅游者的众目睽睽，河流却从不强行闯入，它悄然潜入风景，穿行其间，并且无声地创造风景，为它增色，来去自由如风。

日出前，我们辗转划出了这片乱石河滩。小麻鹃，这水岸上的高手，正在河边游荡。它或是在淤泥里翻找食物，看似专心致志，却始终留意着我们的动静，或是在潮湿的岩石上一路小跑，活像披着雨衣的打捞工，寻找着失事的蜗牛和鸟蛤。不一会儿，它又摇摇晃晃、漫无目的地飞走了，直到桤木林中那一竿长的洁净沙洲邀它落脚；没过多久，我们渐行渐近，它又不得不另觅新所。这鸟儿是古老的泰勒斯[1]学说的信徒，显然认为水的重要性高于其他任何元素，这留存着远古时代遗风的生灵竟然会和我们扬基一起栖居在欢快的美洲河流之上。它总是心事重重，或许在地球还满是泥浆和不完美时就已来到这里，岩石上也许还留有它们的足迹。它留下来，和我们一起度过灼热的夏季，不祈求人类施舍，勇敢地承受自己的命运，仿佛在期待着某种连上帝也不能保证一定会发生的二次降临[2]。它潜心研究岩石和沙岬，不知是否已经发现了大自然的所有秘密。它单腿站立，呆滞的眼睛长时间盯着阳光、雨水、月亮和星辰，这是多么丰富的体验！关于死水潭、芦

---

1 泰勒斯（Thalēs，前7—前6世纪），古希腊哲学家，古希腊最早的哲学流派米利都学派的创始人，提出"水乃万物之源"，是古希腊首位探讨世界起源的哲学家。
2 二次降临，《圣经·新约》称耶稣基督将重返人间，进行最后审判。

苇和湿重的夜雾，它能说出怎样的故事！在如此时刻，如此孤子中，它那张开视物的眼睛，呆滞、微黄的绿眼睛，让人看得沉迷。我想我灵魂的色彩一定也是明亮的深绿。我曾见过这些鸟儿三五成群，站在岸边浅滩上，鸟喙探入底部的淤泥寻找食物，整个脑袋都在水面以下，只留脖子和身体拱在水面。

科哈斯河是马萨比西克湖的出水口，由东面注入附近河段。距此地 8-9.6 千米的马萨比西克湖占地约 6 平方千米，是罗金汉郡最大的淡水水体。我们划行在曼彻斯特和贝德福德之间，清晨经过了一个渡口、高夫瀑布和印第安人的科哈西特，此地有个小村庄，河中央有漂亮的小岛。建设洛厄尔的砖都由贝德福德和梅里马克船运而来。据说大约 20 年前，贝德福德有个叫摩尔的人，他的农场里出产黏土，与洛厄尔的建造者签约在 2 年内提供 800 万块砖，他一年就完成了契约。从此砖块成为这些城镇主要的外销品，农民们的木材也因而找到了市场，他们往砖窑运一车木材，然后可以再装一车砖块运到河边，跑上一天有利可图。这样一来皆大欢喜。去看看洛厄尔是从哪里"挖出来"的也颇有意思。建设曼彻斯特的砖则来自河流更上游的胡克塞特。

在梅里马克河畔,高夫瀑布附近,现今以"啤酒花和精美的家庭手工业"闻名的贝德福德镇,可以见到一些原住民坟墓。这片土地仍然留着伤疤,时间正缓缓轧碎一个种族的骸骨。然而,自他们在这片土地上钓到第一竿鱼、打到第一只猎物以后的每个春天,刺歌雀都会在白桦或桤木枝头报晓,绝不爽约,栖息在芦苇丛中的鸟儿们生生不息,依然在枯草丛中翻飞。但那些骸骨不会作响。它们腐朽的元素在酝酿又一次变形,去为新的主人服务,印第安人的所有最终都将化为白人强健的肌肉和旺盛的精力。

我们听说,由于价格波动大,贝德福德的啤酒花名气已大不如前,种植用的支架现在都不多见。但旅行者如果从河边往里走几千米,还是可以见到啤酒花干燥窑来满足好奇之心。

上午的行程乏善可陈,不过河中岩石分布比之前密了,瀑布也更频繁地出现。长时间的连续划行后,这一变化令人欣喜,一些僻静河段上,经常没有船闸管理员值班,我们得自己过船闸—— 一个人坐在船上,另一个去开关船闸，耐心地等闸内灌满水，这项工作有时候相当吃力。这段路上，我们一次也没用到随船带的轮子。利用旋涡，我们有时能浮到船闸正对瀑布的位置；出于同样的原理，水面的所有浮木都围成一个圈，不断被卷入湍流，最后顺水往下游漂去。阳光下，船闸的长臂安静地舒展在河面上，这些老旧的灰色建筑已经与自然风景融为一体，供翠鸟和矶鹞随意落脚，和树桩、岩石没什么两样。

我们悠闲地划了几个小时，思绪伴着桨起桨落单调地打着节拍，直到太阳升上中天。身外只有河流和不断后退的堤岸在变化，由于背朝上游，景观在我们身后次第展开，又在我们眼前闭合；至于内心，缪斯吝于赠予我们太多灵感。也曾经过几片低洼迷人的水滨或是凌水的堤岸，却一次也没上岸。

从中也许可以看出凭什么人类拥有地球的居住权。最小的溪流就像地中海，一小块被陆地包围的海洋，船上的人可以靠农场的栅栏和村舍的灯光导航。就我而言，如果没有地理学家，我可能永远不知道地球的大部分是水。我的生命的大部分时间在内陆山谷中度过，虽然也曾探险远行抵达斯纳格港入海口。我喜欢在斯塔滕岛上的一处老要塞遗址上看一整天船。早上，她刚在海岸边露面，我就借助望远镜看清了她的名字，隆起的船身在阳光下闪着光，领航员和最爱寻求刺激的新闻采访船见到她的那刻，她正驶过胡克角，逆流进入宽阔外湾的窄航道，直到卫生官员登船，或是停靠在检疫隔离区，或是继续她的航程，目的地无疑是纽约的码头。至于个别极具冒险精神的新闻记者，看他们在船穿过纽约湾海峡时出击也是一件乐事。他们违抗检疫隔离法令，将自己的小艇系在她庞大的船舷上，接着爬上去，消失在船舱里。接下来的故事我可以想象："船长透露全美国无人知晓的重大新闻，亚洲、非洲、欧洲俱已沉没！"最后记者为大新闻付了钱，带着一卷报纸从船舷爬下去，不过他并没有从上去时的位置下船，船上的新来者可不是只会站着说闲话的人。记者沉着地划着桨飞快离开，赶着去把新货售给出价最高的买主，很快，我们就会读到耸人听闻的大消息——"据最近抵达的来客称——""据来自那艘大船的消息——"。

某个星期日，我曾在内陆的某座山上，眺望长长的船队入海。它们从城市码头出发，穿过纽约湾海峡，绕过胡克角，即将进入洋面，目力所及之处，尽是雄壮的队列和光滑如绸的风帆，每艘船都指望有个幸运的航程，但每一次都有几艘船的归宿是深不可测的海底，再也不会回到这处海岸。在这快乐的一日，黄昏时分数风帆同样乐趣无穷。由于落日余晖投射得越来越远，不断将地平线上越来越多的风帆点亮，每清点一次都会多出来几片，等到最后一缕光线铺上海面，我清点的数目已经比开始时翻了两三倍。但我无法辨别那些船是小艇、三桅帆船、双桅横帆船、双桅纵帆还是单桅帆船，大多数模糊的船影看起来都像普通船只。此时海面上柔和的暮色也许照亮了某个水手漂泊于水上的家，但他的思绪已经远离了美洲海岸，飞向我们梦中的欧洲。

我曾站在同一处山顶，看一场雷雨从卡茨基尔山脉和高原地区滚滚袭来，掠过岛屿，泼洒在陆地上。当雷雨突然停歇，阳光照耀下的我们继续看着它庞大的阴影和厚实的雨墙渐次吞没海湾的船只。那些原本耀眼的风帆突然变得像谷仓的外墙，低垂黯淡，在暴雨中瑟缩着；而远处海面上，黑幕之外，尚未被暴雨染指的船帆仍在反射着阳光。午夜，当周遭和头顶俱是黑暗，我看到远方一片颤动的银光，那是月光在海面上的倒影，仿佛和我们的夜不在一个界域。在那里，月亮在无云的天空穿行，如果中间出现一个黑点，那是一艘幸运的船趁着夜色展开它的欢乐之旅。

然而，在我们这些内河航行者心中，太阳从不会从海波上升起，它的来处是一片苍翠的灌林，归属则是山脉黛色的轮廓线。和清晨的麻鸭一样，我们只是栖居在河岸；我们追求的也只是落难的蜗牛和鸟蛤。尽管如此，只要知道世界上还有更美好的滨岸，心中便充实满足。

沿河每隔大约 1.6 千米或更远就有几栋小屋，河上的我们通常看不见，但如果将船划近岸边，也许能听到母鸡的咕咕声和居家生活的种种细微嘈杂声，让我们知道此处有房屋。船闸管理员的家位置上佳，僻静，地势高，总在瀑布或急流附近，俯瞰着最美丽的河段——因为瀑布上方通常水面宽阔如湖泊——他们就在那儿等候过往船只。这些朴素的民宅舒适而亲切，壁炉仍是一家的中心，在我们眼里它比宫殿和城堡更迷人。前面说到过，这些天来，中午我们可能会爬上岸，去民宅讨一杯水喝或是和里面的居民聊聊天。这些房舍高踞树木繁茂的堤岸之上，周围一般都有一小片地种满了玉米、豆子、南瓜和甜瓜，有的一侧还有片优美的啤酒花田，有的窗前藤蔓低垂，从外面看像夏季里收集蜂蜜的蜂房。在我的阅读经验中，没有哪处的田园生活比得上这些新英格兰民宅里那令人踏实的奢华与宁静。这就是黄金时代，至少从外表看来如此。当你走进铺满阳光的门口，脚步声唤起阵阵回声，这些沉睡的营房里仍毫无动静，再轻柔的叩门声都会令你担心对这些东方的筑梦人过于粗鲁。

门开了，应门的或许是一位白人和印度人混血的女子，出于深不可测的沉静天性，她的声音细小却真诚热情。她走了半个地球来到它的另一面，却怕将自己的好意强加于人。你踏上擦洗得泛白的地板，轻轻走到鲜艳的"餐柜"旁，仿佛怕打扰这家人的虔诚，毕竟自从上次人们在这儿布置好餐桌，东方的那些王朝就一个个走向了末路。从"餐柜"走到旁边的井栏，井底映出你那张许久未曾谋面、胡子拉碴的脸，同新制的黄油和鲑鱼一同泡在井水中。"也许你想尝点蜂蜜生姜茶？"正午那个细小的声音问道。家中或许坐着她追随大海远行归家的兄弟，一名典型的水手。对于陆地，他只知道到最近的港口有多远，却对其他目的地的距离一无所知，除此之外，他的一切认知与海和远方的海岬相关。他拍着狗，或是抱着猫，手臂因为惯于操纵缆绳和船桨、对抗朔风与信风被拉伸得修长。他抬起海洋生物般的眼睛看着陌生人，又惊又喜，仿佛一只困在网中的海豚。如果人们相信，除了这些新英格兰的小屋，再没有更宁静的坦佩，再没有更诗意和田园的地方。我们猜，这些居民的工作就是白天照管花草和牲口，夜里和古时的牧羊人一样，聚集在河岸上为星辰命名。

上午，在肖特和格里菲斯两处瀑布之间，我们途经了一个林木茂盛的大岛。这是我们见过的最秀美的岛屿，最顶端有一片漂亮的榆树林。如果是晚上，我们会满心欢喜地在此扎营。此后没多久，又有一两个甚至更多岛屿与我们擦肩而过。船工告诉我们，水流最近在这里出现了一些重大变化。岛屿总能勾起我的美好想象，哪怕再小。一个岛就是一小片陆地，是地球构成中必不可少的部分。我曾幻想觅一座岛建造自己的小屋。即使土地贫瘠，荒草丛生，一览无余，在我眼中也有无法言喻的神秘魅力。河流交汇处通常都有这样一座岛，两条河挟带的泥沙在交汇处的旋涡带动下沉淀下来，就好像孕育出陆地的子宫。每个岛屿的形成都是多么精雕细琢又出人意料的创造！大自然像蚂蚁一般，用金色的、银色的沙砾和森林的废弃物奠定岛基，一步步造就未来的陆地，这是多么雄心勃勃的壮举！

此后不久，我们就见到了皮斯卡塔夸格河，也叫"气泡水"，它从我们左侧汇入，上方阿莫斯基格瀑布的轰鸣也随即传入耳中。和我们在《地名词典》中读到的一样，每年仍有大量圆木沿皮斯卡塔夸格河漂流进入梅里马克河，河上有众多授权磨坊[1]。我们要通过河口上方的一处人工瀑布，曼彻斯特制造公司在这里修建了运河连通梅里马克河。这处瀑布颇有气势，配得上一个大名，何况景色堪比华盛顿山中的巴什皮什瀑布，足以吸引远近游客。大约是为了削弱冲击力，水流从 9~12 米高处经七八层陡梯层层跌落，在下方激起一片白沫。运河水似乎并未因人为的减损而疲乏，仍然如山中急流一样纯净，泡沫翻滚，水汽

---

[1] 授权磨坊，指河岸所有者有权在其土地上设立磨坊并利用河流水力运转水磨，但应适当尊重河流上、下游其他业主的权益。

激荡，野性的咆哮震耳欲聋。尽管它从工厂底下涌出，我们却在这儿看到了彩虹。这里现在就叫阿莫斯基格瀑布，由原址往下游迁移约1.6千米而来。但我们没有停留细看，而是匆匆划过人群聚集的村庄，逃离河两岸建设下一个洛厄尔的铿锵锤声。我们当年划船经过曼彻斯特时，那里的人口大约有2000人，我们上岸片刻去讨了些凉水，当地居民告诉我们，他平时都要过河到高夫斯顿去取水。听说这里的居民已达1.4万人，现在我亲眼证实了这一消息。我曾站在高夫斯顿与胡克塞特之间公路旁的山上，目睹约6.4千米外的一场雷雨过境，看见太阳挣破乌云照耀在城市之上。9年前我曾在那里的原野上岸，城中的博物馆旗帜招展，里面可以看到"美国唯一一具完整的格陵兰鲸或河鲸骨架"，我还在它的地址录上看到有一座"曼彻斯特图书馆和美术馆"。

《地名词典》中说，阿莫斯基格瀑布在800米内下降约16.5米，为梅里马克河上瀑布之最。我们很是折腾了一番才通过船闸，为了避免翻船，我们跳入水中，让围观村民乐不可支，他们为我们放了大量河水才让船成功越过河上台阶。阿莫斯基格，也叫那马斯基克，意思是"伟大的捕鱼地"。万纳伦塞特酋长过去就居住在这一带。传说他的部族与莫霍克人交战时,将食物补给藏在这些瀑布上方的石洞中。藏食物的印第安人断言,"神凿出这些洞就是为了这个目的"。英国皇家学会在上世纪的《学报》上声称这些洞"显然出自人工开凿",看来印第安人对它们的来源认识更透彻,也更会利用。在这条河上的"石槽"、在奥塔威河上,以及康涅狄格州的贝洛斯瀑布、马萨诸塞州迪尔菲尔德河上谢尔本瀑布的石灰岩处,乃至所有瀑布周围都或多或少可见类似的壶穴。佩米杰瓦塞特河上著名的"水坞"也许是新英格兰地区此类地形中最奇妙的景观。它是该条河的源头之一,面积约 6 米 × 9 米,深度也差不多这个尺寸,边缘圆而光滑,里面盛满冰凉清澈的碧水。在阿莫斯基格,河流被岩石划破,分割成股股激流与缕缕细流,由于运河排水,水量甚至填不满河床。岩石岛上会有许多河水猛涨冲刷出来的壶穴。我在谢尔本瀑布第一次观察到这一现象,它们直径从 30 厘米至 1.2-1.5 米不等,深度与直径近似,形状为规则的正圆,边缘光滑,弧度优美,犹如只只高脚酒杯。哪怕最心不在焉的观察者也能看出它的形成原因。被水流冲下的石块遇阻停下来,继续在水流冲击下原地旋转，千百年来一点点嵌入岩体，越嵌越深；新的洪水又带来新的石块，它们落入这个陷阱，注定要无限期旋转下去，像西西弗斯[1]一样以苦行赎石族的罪，要么被磨损殆尽，要么磨穿牢底，要么被自然界的变革解放。从小卵石到直径30~60厘米的大石块，大大小小都躺在那里，有些当年春天才开始它的苦行，水位线以上的那些则已经在那里躺了多年——我们发现有些竟然高出当前水位线约4.9米——其他的则还在不停转动，一年四季不得停歇。在谢尔本瀑布，有一处岩石已被磨穿，一部分原本要跌落瀑布的河水从洞底泄出。阿莫斯基格瀑布有一些在非常坚硬的棕色岩石上形成的壶穴，里面松散地填塞着椭圆形或圆柱形的同质石块。其中有个深达约4.5米、直径2.1~2.4米的壶穴已经被磨得透水，里面嵌有一块同质巨石，光滑但形状不规则。每块岩石上的浅凹不是壶穴的雏形就是它的残迹，可以把它们看作旋涡的石壳。接受了诸多教训后，岩石，这种最坚硬不过的物质似乎在榜样和

---

[1] 西西弗斯（Sisyphus），希腊神话人物，由于绑架死神，让人间不再有死亡得罪众神，被罚将巨石推向山顶。巨石不停滚落，他的苦行也永远重复，无法休止。

怜悯的推动下努力旋转或流淌成最流畅优美的形状。最适合雕琢石头的不是铜质或铁质工具,而是空气和水的温柔触摸,岁月悠长,它们尽管慢慢来。

一些壶穴已形成多年,还有一些应该早在从前的某个地质时期就已完善。1822年加深波塔基特运河时,工人们挖到了有壶穴的岩架,那可能是曾经的河床。我们听说,在这个州的迦南镇也能找到一些内有石块的壶穴,它们位于梅里马克河和康涅狄格河之间的高地上,海拔比两条河高出近300米,这证明山川河流的位置确实发生过巨变。也许在人类大脑开始转动前,躺在那里的石头业已完成了转动。

这一带是大名鼎鼎的帕萨科纳威酋长的居住地,古金"在波塔基特见过他,那时他大约120岁高龄"。他是公认的智者和巫医,约束他的族人不要跟英国人交战。人们相信"他能让水烧起来,让岩石动起来,让树跳舞,自己也会变成一个火人;冬季里,他能从枯叶里生出绿叶,从死蛇皮中长出活蛇,诸如此类的奇迹数不胜数"。据古金记载,1660年,他在一场盛宴和舞会上向族人发表最后的演说，说他大概再也无法看到大家欢聚一堂，所以要留下一些忠告，为族人在与英国人邻居发生纷争时提供指导，负气捣乱在一开始或许能占上风，但最终会引来灭顶之灾。他说，英国人初到时，他也和大多数族人一样，想方设法要消灭他们，至少也要阻止他们再次定居，结果却无能为力。其子万纳伦塞特谨慎地遵从父亲的教诲，在菲利普王战争爆发时带领族人撤至皮纳库克，即现今新罕布什尔州康科德一带，远离战火。战争结束返回家园后，他拜访了切尔姆斯福德的牧师。据镇史记载，"他想了解切尔姆斯福德在战争中是否遭到大的破坏，听到'感谢上帝，并没有'的答复后，他说，'接下来该感谢我'"。

曼彻斯特是约翰·斯塔克的家乡，这位两场战争中的英雄，第三次战争的幸存者，去世时是美国最后两位独立战争的将军之一。1728 年，他出生于一个毗邻伦敦德里的城镇，当时叫努特菲尔德。早在 1752 年，他在贝克尔河附近的荒野狩猎时就曾被印第安人俘获关押。法兰西战争[1]中，他作为游骑兵上尉表现出色，在邦克山战役中率新罕布什尔民兵团出战，1777年又参加了本宁顿战役并取胜。他在最后一场战争中退役，1822年在此去世，终年94岁。瀑布往上游方向约2.4千米处，此河的第二堤岸上矗立着他的纪念碑，在那里可将梅里马克河上下数英里风光尽收眼底。这说明英雄的葬身之地比无耻者生活的居所更能给风景添色。那么，到底谁死得更彻底呢？是面前纪念碑铭刻的英雄，还是他默默无闻的后人？

在故土的河畔，帕萨科纳威和万纳伦塞特的墓前并没有纪念碑。

从阿莫斯基格西望，可以看见8~9.6千米以外高夫斯顿的昂肯努努克山。我们在家乡眺望它时，它在东北方的地平线尽头，但从这里看去，那空灵的蓝色山影和我们曾经攀爬过的相比简直不像一座山。山名的意思据说是"双乳"，因为它的两座山峰间略有间隔。最高峰海拔约427

---

[1] 法兰西战争，即法国—印第安人战争，是1754年至1763年英国和法国在北美殖民地的一场战争。法国殖民者与印第安人结盟对抗英国殖民者，以英国获胜而告终。

米，纵有林木遮挡，但它的山顶是俯瞰梅里马克河谷和周边乡野风光的最佳位置，比别处图景更为开阔。虽然露出的河面只有短短一段，但根据河岸的沙地走向可以清晰地分辨出往下游去的河道。

60年前，昂肯努努克山以南不远发生过一个故事。一位老妇人出门采唇萼薄荷，在枯草和灌丛中摔了一跤，结果发现绊倒她的是一只小铜壶的拎手。有人说在那里还发现了燧石、木炭和一处营地的痕迹。这只容量约4.5升[1]的铜壶被保留下来，至今还被用来染线。人们猜测，它或许是某位法国或印第安猎手的所有物，主人在狩猎或野外巡察时被害，再也没能回来照看自己的铜壶。

过船闸后，我们撑篙划过大约800米长的运河，进入可行船的河道。阿莫斯基格往上，河面拓宽成湖泊，整整1.6~3.2千米内笔直无转弯。开往胡克塞特的运河船在这里云集，绵延约12.8千米。上行船空载，风又顺，一名船工说如果愿意等的话，可以带我们的船一起走。等我们划到旁边，才知道他们的意思是让我们上大船，不然我们

---

[1] 原著为"4夸脱"，约4.5升，为便于阅读，后文将直接替换为升。

会拖累他们的行动。可我们的船太重,根本无法提上去,只能在船夫们进餐的时候,照旧往上游划,然后在对岸的几棵桤木下享用午餐。尽管隔了一条河,对岸以及运河港的声音还是原原本本传进我们的耳朵,河上往来的一切也尽入眼帘。几艘运河船列队而来,前后只隔约400米,被轻风吹送着往胡克塞特驶去,又一艘艘消失在上游的某个转角后面。它们扬起宽大的风帆,在慵懒的风断断续续的吹拂下缓慢上行,仿佛飞在大洪水前方的独翼鸟[1],被一股神秘的逆流推动着前进。这是一个气势磅礴的动作,缓慢而庄严,可以用"推进"这个词来表达它从容渐进的过程,仿佛出于正直与本性,丝毫没有拖泥带水。它们张起的风帆纹丝不动,像被抛入气流测试风向的片屑。我们交谈过的那艘船终于上来了,一直在河道中央行驶,行至可对话距离时,船上的舵手不无嘲讽地冲我们喊,如果现在靠过去,他可以拖我们走。我们没理会他的奚落,在树荫下悠闲休憩,直到吃完午餐。轻风渐渐下沉为微风,等到最后一艘船拍动的风帆消失在远处的转角后,我们也升起

---

[1] 中国神话《山海经》中有神鸟,名曰蛮蛮,独眼独翅,见则天下大水。

帆，划动桨，飞快地射入河道追逐而去。追至那艘船近旁，船工们正在祈求风神相助，却无济于事，于是我们回应他们先前的好意，让他们扔根绳子过来，我们倒是可以"拖他们走"，把这些梅里马克河上的水手弄得张口结舌。我们逐渐赶上并超过了所有运河船，终于再次让整条河归我们独享。

今天下午的行程在曼彻斯特和高夫斯顿之间。

日落前，我们在阿莫斯基格往上划了8~9.7千米，进入一段风景宜人的河面。我们中一个人上岸寻访农舍添置补给，另一个继续在河上漂荡，寻找对岸是否有适合过夜的港湾。此时微风已停歇，运河船在我们身后转向，靠近水岸撑篙而行。这一回没人提出要帮忙了，只有一名船工大声告诉我，他在往下游约800米的一棵大白松上看见一只林鸳鸯，结果被我们惊飞了。他认为这是对之前的交锋失败最犀利的报复，还重复了好几次，见我听到后面露狐疑，似乎相当失望。附近确实有这种夏禽出没，不过并未被我们打扰。

过了不久，我们的另一位水手结束内陆考察回来了，还捎上了一位本地居民———一个亚麻色头发，名叫内森的男孩。他带着满脑子的传说和改编版本的《鲁滨孙漂流记》，对我们的探险经历着了迷，向父亲提出要离家加入我们。他一来就站在岸上仔细察看我们的船和装备，眼睛亮晶晶，恨不得马上长大自己做主。这是个活泼有趣的孩子，我们很乐意带上他，但内森毕竟是孩子，还未到能为自己的行动负责的年纪。

我们得到了一条自制面包，还有充当甜品的甜瓜和西瓜。给我们这些的农夫聪明又和善，种了一大片瓜田，出产供应胡克塞特和康科德市场。第二天，他热情地招呼我们参观他的啤酒花地、干燥窑和瓜田，一边提醒我们小心跨过紧紧拉在瓜田周围离地约30厘米高的绳索，一边指给我们看角落里的凉亭。凉亭里有一杆枪，这根绳索拴着枪的扳机。他告诉我们，遇上气候宜人的夜晚，他就会坐在那里打击窃贼，捍卫家产。我们抬腿迈过绳索，对主人有失人道却符合人性的做法深表赞同，他的实验也让我们大感兴趣。那晚风传将有窃贼到访，他枪里的火药也正好尚未受潮。

他是一名卫理公会教派信徒，家住梅里马克河与昂肯努努克山之间,他属于那片土地,坚守那片土地上的家园。在远方政治组织的鼓励下,他靠着自身的坚韧拥有了一片瓜田,并将继续耕种下去。我们建议他尝试种一些新品种的甜瓜和各种异域水果。我们远道而来,在群山之中认识到大自然公正不阿的仁慈。草莓和甜瓜在每个人的院子里都能茁壮丰产,他位于山脚的家园也一样得到阳光照耀——而我们曾经以为,只有少数几个我们认识的极其诚挚忠实的灵魂才能得到她的偏爱。

我们在河对岸,或者说东岸找到一个方便泊船的港口,仍然在胡克塞特域内,位于梅里马克河的一条小支流溪口,不会挡夜行船的道,因为逆流而上的船一般都会贴岸而行,一来为避开暗流,二来为方便撑篙,而且那里不必踩上泥泞的河岸便可入港。我们把最大的一个甜瓜泡在溪口桤木林下的静水里冰镇,等到搭好帐篷、一切准备妥当,要去取瓜时,却发现瓜已漂得无影无踪。我们在暮色中登船,去追寻这宝贵财产,穷尽目力才在下游方向很远处看到一个青色的球,正缓缓随着当晚从山上漂下的枯枝残叶朝着大海的方向而去,它完美地保持着平衡,没有丝毫翻滚,我们为加快降温速度而拔除的瓜蒂处也没有进水。

我们坐在岸边吃晚餐，西天的霞光落在东面的树上，再倒映在水面，享受着如此静谧的黄昏，语言已经失去了力量。我们常常觉得崇高不分等级，最高级也不过只比眼前略胜一筹，可我们总是上当。只要更崇高的景象出现，过往种种一下就暗淡无光。感谢内在的证据提醒我们宇宙法则的永恒，因为说真的，我们的信心来自模糊的记忆，不过是对知识的利用与玩弄，并非铭记不忘的信念。它让我们不必相信就能直接触及真理，并与它建立最直接与密切的联系。更为沉静的生命波澜时时从我们身上淌过，仿佛阴天里穿透云层照在原野上的阳光。

一周又一周，一月又一月，我的夏季生活如迷雾、如轻烟般缕缕溜走，直到某个温暖的清晨，偶然间看到薄雾从溪流漫过沼泽，我也将和它一起飘荡在原野上。我还记得那寂静的夏日时光，蚱蜢在毛蕊花上唱歌，那时的我们有一种勇猛，把记忆当作盔甲，笑对一切命运的打击。我们的生命如同从竖琴弦上流淌的乐声，时而汹涌，时而凝滞，死亡不过是"重整旗鼓前的片刻停顿"。

听着小河水声潺潺，我们醒着躺了很久。我们的帐篷扎在河与河岸的夹角处。小河的故事颇有人情味，漫长的夏季里，不管涨水还是干旱，它都在喋喋不休地讲述，叮叮咚咚的喧闹声将逝水的深沉完全盖过。而那小河，还是——

银沙与卵石，与春天唱着永恒的歌谣。[1]

小河的故事会被初冬的霜冻打断，而那些更大的河流，阳光永远照不到的河床上遍布暗礁与倒木，水面也不会有叮咚乐声，却无须惧怕千百条溪流冰封的威胁。

夜里，我梦见了一件久远的往事。那是朋友间的一场龃龉，尽管错不在我，却始终让人伤心。在梦里，理想中的正义终于还我以清白，消除了他对我的怀疑，让我获得了在清醒时刻从未得到过的补偿。即使梦醒之后，我的安慰与喜悦仍无以言表，因为在梦里我们从未欺骗自己，也未欺骗对方，而这一点似乎具有最终判决的权威。

---

[1] 引自克里斯托弗·马洛《热情的牧人致情人歌》（*The Passionate Shepherd to His Love*）。

星期四

一早醒来就听到雨滴打在棉质帐篷上的声音,微弱、蓄谋已久、阴森森的。雨滴滴答答下了整夜,现在整个原野都在哭泣。雨滴落在河面,落在桤木林里,落在牧场上,天上没有彩虹,只有麻雀细细叫了一上午。小鸟欢快的鸣叫弥补了旁边整个林间合唱团的沉默。一跨出帐篷,我们就看到一群绵羊在头羊的带领下从背后的山涧冲下来。这群羊似乎无人看管,不顾一切,欢腾雀跃,急着从山上过夜的牧场赶到河畔品尝鲜草。头羊发现了我们在雾气中的白色帐篷,骤然呆住,前蹄牢牢抓住地面,遏制住身后奔涌而来的羊群。羊群就这样停在原地,努力想解开它们可怜的脑瓜中的疑惑。终于判定那东西没有威胁后,它们才在原野上安静地散开来。后来我们得知，我们营址几年前曾被一帮佩诺布斯科特人占据。雾气迷蒙中，一座深色的圆锥形山丘在我们眼前浮现，那是胡克塞特尖峰，河上行船人的地标。我们的西侧则是绵延的昂肯努努克山脉。

这是我们水上航程的最远点，如果在雨中继续行船几个小时，我们将到达最后一处船闸，但此后急流长而密集，我们的船又太重，无法拖行绕过。最终我们决定上岸徒步，沿着河岸继续上行，靠一根手杖在阵雨和迷雾中摸索道路，爬过横在道中的湿滑树干，一路的快乐欢欣不亚于置身于灿烂阳光下。我们闻着松树与脚下湿泥的芬芳，为只闻其声不见其影的瀑布欢呼，入眼皆是毒伞菌、四处游荡的蛙类、云杉枝头悬垂的苔藓、树叶下悄声掠过的鸫鸟。哪怕正是最潮湿的天气，我们的道路仍然清晰，就像一种信念，让我们坚定地跟随它的指引。衣服湿了，但我们的思绪没受潮。飘着细雨的阴沉天气里，树麻雀的声声啼啭像在催促天空放晴，在它的叫声中，迷蒙雾气里时有光亮出现。

某位住在离此不过几英里处的天才人物曾说，"自然加诸人身的一切都不能伤他，地震和雷暴亦不能"。阵雨迫使我们躲到树下,正是仔细观察大自然作品的好时机。夏季暴雨来临时,我曾经在一棵树下待过半天,开开心心地把自己的眼睛当作显微镜,对树皮、树叶和脚边的菌菇一一细察。"财富只眷顾守财奴,天空才慷慨地将雨水降在山上。"我能想象,盛夏时,若在僻静的沼泽度过一整天,让水淹至下巴,呼吸着野生忍冬和越橘花芬芳,在蚊蚋哼唱的歌谣中昏昏欲睡,那该是何等奢侈的享受!即使跻身色诺芬的《会饮篇》中的古希腊宴会,和先哲们度过一天,也比不上腐烂蔓越莓藤的冷幽默和苔藓地的妙语连珠。我可以亲切友好地与豹纹蛙对话 12 小时;看太阳在桤木和狗木后升起,然后轻快地爬上子午线上它仅两掌宽的顶点,最后沉入西边突兀的圆峰后休息。听蚊子在千百座绿色小教堂里唱起的夜间颂歌,麻鹬从隐蔽的堡垒中发出的低鸣——仿佛在鸣枪向日落致敬!如果能在沙漠中不湿脚地择路而行,自然也能在沼泽的汁液中泡上一整天。温暖干燥固然令人愉快,寒冷与潮湿又何尝不是丰富的体验?

眼下,我们浑身湿透,躺在一片枯萎的野麦上,旁边是灌木丛生的小山,雨珠顺着麦茬滴落。风只剩下尾声和余息，云开始聚集，接着枝头和叶尖开始滴滴答答有节奏地滴水，让我们的内心更觉满足与随和。鸟儿也聚拢过来，在浓密的树冠下结交应答，仿佛背着阳光在家谱写新的乐章。如果这是我们的客厅和书房，那该会有多少乐趣！

旁边的尖峰属于一座林木繁盛的小山，在胡克塞特瀑布附近的河岸拔地而起，高约 60 米。如果说昂肯努努克山是饱览整个梅里马克河谷胜景的最佳地点，这座小山则拥有眺望河流的上好视野。在晴日，我曾坐在山顶，那是一块仅有几竿长的险峻岩石，时值日落，河谷里洒满阳光。在那里，你可以一览梅里马克河上下游几英里的画卷。宽阔笔直的河流熠熠生辉，生机勃勃，河上反射着光、泛着白沫的瀑布，剖开河面的岛屿，还有胡克塞特村都历历在目。河岸几乎就在你脚下，近得可以在山顶与河畔的居民对话，可以往他们的院子里扔石子，河西侧有林地湖，北方和东北方向有群山，所有这些构成了一幅稀世美景的圆满图画，不枉旅行者为之跋山涉水。

我们在新罕布什尔州的康科德受到了热情接待，但我们坚持叫它新康科德。为了将它与我们的家乡——马萨诸塞州的康科德区分开，我们一直这么叫。在家乡时我们就听说它因我们而得名，此地一些拓荒者原本是我们的乡亲。几条曲曲折折的河流将这个康科德和那个康科德连接起来，这里无疑是结束我们旅程的理想地点，只是我们的船还泊在这里的河港下游几英里处。

在皮纳库克，也就是如今新罕布什尔州的康科德，早有探险家注意到了这片河滩平原的丰饶。黑弗里尔的史学家们写道：

1726年，定居点的建设取得了长足进展，黑弗里尔至皮纳库克之间的荒野上开辟了道路。1727年秋季，埃比尼泽·伊斯特曼上尉一家成为首户迁居此地的居民。负责帮他驱赶联畜[1]队伍的是雅各布·舒特，法国后裔，据说是第一个驾驭联畜穿越荒野的人。不久，据说又有一名叫艾尔的18岁少年驱赶一支十轭公牛队伍抵达皮纳库克。他游过河，并在河滩上开垦了一块地，可称是再次垦荒的

---

[1] 联畜，将多匹牛（马）套在车上一起驱赶。

第一人。完成任务后,他于日出时分回程,再次渡河时,一对同轭公牛溺水而亡,最后他在午夜时分回到黑弗里尔。此地的第一座锯木厂使用的曲柄也产自黑弗里尔,由马驮至皮纳库克。

但我们发现,如今的边境早已不复当年。想要轰轰烈烈干一番大事业的一代人生得晚了。从表面上看,不管我们往哪里走,都早有前人涉足。我们已经丧失了建造最后一幢房屋的快乐,很久以前它就已经矗立在阿斯托里亚[1]郊外;从老专利证上看,我们的边界实际已拓展至南方海岸。虽然疆域大为扩张,人的生活却仍一如既往地浅薄。无疑,一位西方演说家说得没错,"人通常只在同一个层面生活,有些人的路长而窄,有些人的路宽而短",但都流于表面。蠕虫、蚱蜢和蟋蟀都是优秀的旅行者,也是明智得多的拓荒者,但任它们如何折腾都逃不开干旱,也不奔向夏天。要躲避邪恶,我们不必在它面前逃跑,只需上升或下潜,离开它所在的平面就可溜之大吉,就像蠕虫往

---

[1] 阿斯托里亚,17世纪建立的定居点,现纽约市皇后区西北部的一个社区。

土层里钻几英寸就足以逃过干旱与霜冻。边境不分南北西东，它存在于一个人和他所面对的现实之间，这现实可能就是他的邻居，在他和加拿大之间，他和升起的太阳之间，乃至他和它之间，无不横亘着一片无人的荒野。那么，就让他用脚下土地上产的树皮造一幢长屋，直面它，在那里展开一场老法印战争，和印第安人、游骑兵，或是任何横亘在他与现实之间的对手，打上7年或70年，有本事记得保住自己的头皮。

我们不再航行，也不在河上随波漂荡，而是使用双脚踩踏在这刚强的土地上，如同朝圣。萨迪[1]讨论过什么样的人适合旅行，"一个普通的工匠，可以凭手艺养活自己，而那些哲学家，他们的每一口面包都要用自己的名誉换取"。适合旅行的人能在良田丰饶的乡村以野果和猎物为食；他能健步如飞，也能一路赚钱谋生。旅途中常有人叫我去做工，我也曾背着行囊补锅修钟表。有一次在火车上，我成功关上了一扇让其他旅客一筹莫展的车窗，引起一个人的注意，他叫我去工厂工作，甚至交代好了待遇和

---

[1] 萨迪（Sa'di, Moshlefoddin Mosaleh, 1208—1291），波斯诗人，其作品在波斯古典文学中享有极为崇高的地位。

薪水。我的回答是,"你听说过一个苏菲教派的人的故事吗?他给自己的凉鞋钉鞋底时,一个骑兵军官过来,拉着他的衣袖说,过来,给我的马也钉上掌"。当我走过田地,农人请我帮他们割草。有的把我当成了修伞匠,让我帮他修伞,只因旅途中的我在大晴天里拎着一把伞。还有人想跟我买马口铁杯子,他看到我腰带上拴着一个,背上还背着个炖锅。

徒步是最省钱,还能以最短的距离跨越最广阔的空间的旅行方式,带一口长柄锅,一把勺,一根渔线,一些玉米面、盐和糖足矣。遇到溪流或池塘可以捕鱼吃,可以煮一锅玉米糊,或是找间农舍,花 4 便士买一条面包,用路上的溪水泡软了,蘸着糖吃,这样能管饱一整天。如果胃口大,还可以花 2 美分再买大约 0.95 升牛奶,将撕碎的面包或冷玉米糊倒进去,掏出你的勺子,就可以用餐了。以上各种办法择一即可,不需全做。就这样,我走过数百英里,从未在别人家里吃过饭,方便的话就直接睡地上。我发现,这样的生活比待在家中更省钱,从各方面看收益也更多。

有人问,那为什么不一直在路上?可我从未考虑过把旅行当作谋生手段。我在廷斯伯勒见过一个单纯的女人。路过她家时,我进门讨口水喝,一眼就认出了那个水桶,告诉她9年前来讨水的也是我。她问我是不是旅行家,以为自那以后我便一直在外游荡,如今才踏上返程。在她看来,旅行也算一种职业,多少有些收益,是她丈夫没干过的活计。但长时间的旅行很难说能有什么收益。一开始可能只是鞋底磨损造成的脚疼,时间长了,它会伤及心灵,让整个人消耗殆尽。据我所知,那些长期旅行的人回家后的生活多不甚如意。真实而诚恳的旅行不是消遣,它与人死后的归宿,与人生旅程中的任何阶段同样严肃,最好经过长期观察再投身其中。我谈论的不是那些安坐着旅行的人,那些晃着双腿、在座位上不挪窝的旅行者纯属无所事事的象征,坐着孵蛋的母鸡和光坐着什么也不干的母鸡不是一回事。对真正的旅行者来说,他的双腿为旅行而生,死亡最终也将成为他的旅程。旅行者必须在路上重生,从给予他力量的各种要素那里获得通行证。他将经历小时候母亲拿来吓唬他的种种恐怖故事,他将被活生生地剥皮。伤痛会越钻越深,又会在内里愈合,但他的脚步不能停歇,夜里只能枕着疲惫入眠,这样才能获取足够经验去对抗艰难的岁月。——我们正是如此。

有时，我们也会投宿林间的小旅馆，从远方城市来捕鲑鱼的钓客已经捷足先登。让我们吃惊的是，竟然会有居民夜里专程登门来聊天、打听新鲜事，可到达旅馆只有一条路，附近也不见其他房屋——他们仿佛是凭空出现的。我们有时在那里翻翻旧报纸——不过以前也从没看过新报纸。纸张翻动的窸窣声中，飒飒松风仿佛变成了大西洋沿岸的阵阵涛声。话说回来，徒步总能让我们哪怕对着最难吃、最没营养的食物也胃口大开。

日出又日落，我们仍在幽暗曲折的森林小道上向佩米杰瓦塞特河上游走。这不是车轮滚滚、尘土飞扬的大道，更像水獭或貂出没的小径，有时还能遇上拖着捕兽夹逃窜的河狸。在这里，城市只是坐标，方便我们了解在大区域内的位置。野鸽子笃定地坐在我们头顶的海岸松枯枝上，体格只有知更鸟大小。我们落脚的小旅馆院子依着山坡而建，走过时一抬头就看到斜刺出来的槭树枝条在云中摇晃。

在内陆乡村，更精确地说，可能是桑顿，我们在林中遇见一名当兵的少年，他大步走在道路中央，军容齐整赶去集结。森林深处，他肩扛步枪，迈着军人的步伐，满脑子想的都是战争与荣耀。要在我们面前走出赳赳雄姿，不辱没身上的军装可是比身经百战还要艰难的考验。可怜的孩子！他藏在细裤管里的双腿在像芦苇秆一样发抖。等我们追上他，他那坚毅的气概一下不见了，畏畏缩缩地从我们身旁走过，仿佛顶着防御刀剑的头盔却在替他父亲放羊。额外的盔甲对他来说太重了，他还没学会自如地摆放自己的手臂。还有他的腿，像在沼泽地里拖曳的重炮，还不如索性不要，斩断形迹。没有别的敌人，他的胫甲开始相互碰撞打架。但他还是带着一身武器弹药跟我们擦肩而过，然后超过我们，保住性命奔赴未来的战场。我记下这些并非觉得他有损军人的荣光，也不怀疑他会在战场表现出真正的勇猛。

我们蹚过溪水冲出的沟壑，翻过灰白的丘陵和山岳，走过残桩林立、乱石嶙峋、密林覆盖、牧草丰美的原野，最终穿过覆盖在阿莫努苏克河之上的倒伏树林，在无人占领的土地上呼吸到了自由的空气。就这样，无论天气好坏，我们都沿着河往上游走。我们家乡的河流是它的支流，它从梅里马克河变成佩米杰瓦塞特河在我们身旁跃动。我们走过它的来源——野阿莫努苏克河,一步跨过它细小的河道,然后跟随它走向深山中的源头。然后,无须它的指引,我们就站在了阿乔科楚克之巅。

一周后,我们回到胡克塞特,那个种瓜人已经开始采摘啤酒花,来了许多女人和孩子帮忙。我们的帐篷和水牛皮垫子以及其他一些东西还挂在他的谷仓里。我们买了个西瓜,瓜田里最大的一个,准备拿它压舱。这个瓜属于内森,还没熟就移交给了他,在他每天期待的注视下长大,只要征得他的同意就可以出售。和"老爸"商议后,交易达成——我们买下这个尚在藤上的瓜,无论生熟,风险自己承担,至于价格,"先生们愿意给多少就多少"。瓜是熟的,挑选这种水果我们相当老到。

我们的小船在昂肯努努克山下的港湾里安然无恙。正好顺风顺水,中午我们便启程返航,一路或是闲坐聊天,或是默默看着一段段河面消失在一个个转角背后。季节在变迁,开始持续起北风,我们挂起了风帆,就算时不时靠在橹上歇息一会儿也丝毫不影响速度。堤岸高出水面有9~12米,有伐木工人站在上面往河里扔木材,可能想让它们顺水漂向下游。看见我们，他们停下了手头的工作，目送我们返航。从出发到现在，我们在河上船工间确实已经很有名了，享有"河上缉私艇"的美称。我们沿着双丘夹峙的河面一路疾行，圆木滚下堤岸的轰隆声让这个正午更显寂静和空旷，我们把它想象成唯一唤醒的远古回响。远处的河岬旁，一艘平底驳船正在绕行，更加深了此刻的孤孑之感。

好风相送，双橹相助，我们很快便到达了阿莫斯基格瀑布和皮斯卡塔夸格河口，疾驰中，我们一一辨认出上行时看到过的那些秀美河岸和岛屿。我们的船就像乔叟在《梦》中描述的那艘载着骑士离岛的小舟。下午的航行中，我们一路想着毕达哥拉斯，尽管记忆可能不够准确，"当成功与智慧相伴出现，它是美丽的；航行要有好风相送，行动要以美德为准则，就像领航者要仰望星辰移动"。一个人如果能保持生活的平衡，一路沉着从容，内心没有隐蔽的暴虐，那么整个世界都将以美回馈他。行舟河上时，他只需要操舵让小船行于航道中央，再就是带着它绕过瀑布。我们稳稳走在航道上，看着船头下的水波在尾流中翻卷着远去，宛如孩童的发卷。

在那些从事着恰当工作的人身边，美会以各种形态不经意地降临，比如卷曲的刨花从刨子上落下，切屑在钻头周围堆积。波动是液体相触时产生的最轻柔、最完美的运动，波浪则是更为优雅的扩散。站在山顶，你可以从鸟儿不断拍动的翅膀中感受到它的存在。勾画鸟儿飞行的简单两笔曲线想必是照着波浪描出。

每个方向的地平线上，都有树木给风景加上美观的围栏。农人只顾自己便利，不会考虑那么多，但谷地上的孤树和矮灌丛分布仿佛出自自然的规划，因为它们也要顺应天意的安排。大自然的奢侈与挥霍让艺术永远无法企及。艺术让人一目了然，无法提供额外的财富，是相对有限的；而大自然，纵是表面荒凉瘠薄，其下必定有深厚而丰富的根源让我们得到满足。沼泽地里，根基不稳的苔藓和蔓越莓丛中，只有零星几棵常绿树点缀，但荒芜并不意味着贫瘠。这样一棵孤单的云杉，在花园里毫不起眼，在此地却如此夺目，现在我终于明白为什么人们要在自家周围种植它。前院里的云杉虽然堪称完美的样本，却多半只能枉自美丽，因为你不知道它的脚下和四周是否也积淀着同样美丽的宝藏烘托它的出类拔萃。我们曾说过，大自然是更伟大、更完美的艺术，是神的艺术；她自己就是个天才。她的安排与人类的艺术创作存在着共通之处，哪怕在细节上和琐碎处都能体现。当悬于河上的松树在阳光和水的作用下掉落入水，被风推送到岸边摩擦，它的茎干被磨成各种奇异的形状，白而光滑，仿佛出自机床加工。人类的艺术明智地模仿着一切事物最可能的发展态势，比如枝叶和果实。林间晃动的吊床形状恰似独木舟，有宽有窄，两头或高或低，取决于里面人的多少，随着人的运动，吊床在空中摇荡，就像独木舟在水中摇荡。我们在艺术创作中产生的刨花和切屑是废料，大自然在我们产生的刨花和切屑之中体现艺术。她的艺术在无穷无尽的实践中达至臻境。世界维护良好，没有垃圾堆积，时至今日，清晨的空气依然清新，草叶上一尘不染。看夜色怎样悄然笼罩原野，看树影在草地上越爬越长，不久，星光就会来这片休憩中的水上沐浴。大自然的事业稳定如初，万无一失。如果从熟睡中醒来，只要看自然征兆，听蟋蟀鸣唱，我就知道太阳现在位于子午线的哪一边，却从来没有画家能绘出其中的差异。自然景观里存在着上千个刻度盘，每一个都能指示自然划分的时间,有上千个形状的影子可以告诉我们时间。

"一报还一报"的游戏几乎是树木唯一的消遣,太阳一会儿晒这边,一会儿晒那边,这出戏天天都在上演。峭壁东侧的沟壑深处,黑夜甚至中午就会来攻城略地,白昼则退到黑夜的战壕,从一棵树溜到另一棵树,从一条篱笆挪到另一条篱笆,最后占领他的大本营,再召集战队向平原进发。上午也许比下午更明亮,这并非因为空气更为透明,而是因为我们天性喜欢跟随太阳的脚步往西看,就像一天里时光的推移,所以午前看到的全是向阳的一面,下午才能看到一条条树影。

下午快要过去,一阵清新悠然的风吹过,在长长一段河面掀起粼粼波光。河流已经完成了它的工作,它似乎停止了流动,躺平了躯体,反射着光线,林间的雾霭像休眠的大自然无声的喘息,或者更确切地说,是她的薄汗,从她肌肤上的无数毛孔中渗出、蒸腾,再被空气稀释。

142 年前的 3 月 21 日,也许正是下午的这个时刻,两个白人妇女带着一个小男孩,天没亮就匆匆从康图库克河口出发,划着船沿此段河面顺流而下,当时的河两岸皆是松林。相对季节，他们身上的英式服装略显单薄，用桨也很生疏，却带着紧张造成的亢奋与坚定。他们是汉娜·邓斯坦和她的保姆玛丽·奈福，来自距河口大约29千米的黑弗里尔，英国男孩叫塞缪尔·伦纳德逊，刚从印第安人的囚禁中逃脱。3月15日，尚在产褥上的汉娜·邓斯坦被迫起来，衣冠不整，光着一只脚，在保姆的陪伴下踏上她吉凶未卜的流放之路，冒着严寒穿越雪地和荒野。她眼睁睁看着自己七个大一些的孩子跟着父亲逃走，不知下落；看着自己的婴儿被扔到苹果树上，脑浆迸裂，她和邻居的家园被烧成灰烬。捕获她的人住在梅里马克河的一个岛上，距我们现在的位置往上大约32千米。到达他的棚屋后，她才知道他们打算把她和保姆送往一处遥远的印第安定居点，在那里被扒光衣服接受鞭打。这个印第安家庭里有两个男人、三个女人和七个孩子，此外还有一个被囚禁的英国男孩。她下决心逃跑，让那男孩去问一个男人，怎样才能最快杀死敌人，剥下头皮。"砸这里。"男人将手指放在太阳穴上，又向男孩示范了剥头皮的技巧。31日清晨，天还未亮她便起来，叫醒保姆和男孩，拿起印第安人的战斧，对着还在睡梦中的印第安人一通砍杀，只留下一个讨喜的男孩，一个受伤的女人带着他逃进了树林。英国男孩杀死了那个指点过他的男人，按照他教的方法，对准太阳穴砸了下去。之后，他们搜集了一切可以找到的食物，带上男主人的战斧和枪，在独木舟船底钻孔，只留下一艘自用，向着黑弗里尔逃去。此行水路大约96千米。刚走不久，他们担心如果就这么逃跑，以后跟人讲述时没人会相信，便又返回那间死寂的棚屋，将死者的一些东西装进袋中作为他们行动的证据，然后才在晨曦中回到河边，继续他们的航行。

当天清晨，行动完成，两个疲惫的妇女和那个男孩，他们此刻可能正在用干玉米和驼鹿肉做一顿潦草的早饭，他们的衣服上沾着血迹，神志受着决心和恐惧的轮番折磨。他们的独木舟在松林下漂荡，至今河岸上仍留着这些松树的树桩。他们想着被留在上游孤岛上的那些尸首，还有随后追踪而来的冷酷武士。熬过冬季的每一片枯叶仿佛都知晓他们的故事，窸窸窣窣地传来传去，出卖他们。每一块岩石、每一棵松树后面都藏着一名印第安人，他们的神经连啄木鸟的轻敲声都无法忍受。也可能，他们把自身的危险和干过的事抛诸脑后，心中只惦记着家人的下落，他们是否逃过了印第安人的追捕，自己是否还能见到活着的他们？除了搬独木舟过瀑布，他们做饭也不上岸，更不深入内陆。这条偷来的桦木小舟已经将前主人抛诸脑后，尽心尽力为他们服务。涨起的水流带着他们轻快前行，几乎无须划桨，他们要做的只是掌舵和活动身体保持暖和。河上还漂着冰，春天正在到来，麝鼠和河狸被洪水赶出了洞穴，鹿在岸上打量着它们，几只歌喉细小的林鸟掠过河面，也许要飞往最北方的水岸，鱼鹰尖叫着在头顶滑翔，一群鹅声势浩大地飞过天际。可这些他们都没留意，就算看到也过眼就忘。一整天，他们不笑，也不闲聊。他们有时会经过一座将围栅扎在河岸的印第安坟墓，或是残破的棚屋，里面只余几块煤炭。为造独木舟被剥掉树皮的桦木，或是被烧得焦黑的树桩是仅存的人类活动痕迹——在我们看来，曾经生活在那里的，定是一个非凡的荒野之人。两岸的原始森林一路绵延到加拿大或"南海"；这是白人眼里阴森恐怖、狂风咆哮的荒野，但对印第安人来说，这是他的家园，与他契合如一、欢乐如大神的微笑。

我们在这秋夜里徘徊，寻找僻静之所享一夜安眠，他们在142年前3月的寒夜里借着顺风顺水早已漂远。和我们不同,夜里他们不扎营,安排两个人睡觉,留一人掌船。迅疾的水流将他们一路送往定居点,甚至当晚就能到达老约翰·洛夫威尔在萨尔蒙溪上的家宅。

据史学家记载,他们奇迹般地躲过了所有成群结队游荡的印第安人,带着战利品安全回到家中。除了那个被摔在苹果树上迸出脑浆的婴儿,汉娜·邓斯坦一家人终得重聚。许多活得长久的人说,他们吃过那棵树上的苹果。

这些事似乎发生在很久以前,然而弥尔顿在这之前已经写了《失乐园》。不过,这无损它的古老,因为我们不以英国为标准来调校历史时间,正如英国不会以罗马为准,罗马不会以希腊为准。罗利[1]说过,"我们要回溯到很久以前,才发现罗马人用自己的法律管理别的国家,凯旋之时,他们的执政官给国王们和王子们戴上镣铐,带回罗马;我们发现人们去希腊追寻智慧,去俄斐[2]追寻黄金;但如今却一无所有,除了一张记录着他们先前荣光的破纸"。当然,某种意义上,我们还没有必要回溯到梅里马克河畔皮纳库克人和波塔基特人使用弓箭和石斧的年代。

---

1 罗利(Walter Raleigh,1552—1618),英国航海家、冒险家、学者、诗人。
2 俄斐,《旧约·列王纪》中盛产黄金之地。

距离这个 9 月的下午，距离如今已一派田园风光的河岸，那段岁月似乎比蒙昧年代更为遥远。我见过一张康科德镇的老画片，绘制时间不过 70 年前，上面是开阔秀美的风景，树林与河流沐浴在阳光下，似乎是正午时分。我发现自己之前从未想过，当年也有阳光普照，人们也同样生活在朗朗白日之下。我们更难以想象的是，在菲利普王战争期间的山峦和峡谷间，在丘吉和菲利普王的征途上，以及后来洛夫威尔和鲍格斯[1]的征途上，亦同样有宁静的夏日天气，同样有阳光照耀，可他们必须活动、战斗在黄昏或夜色中。

就这样，我们如乔叟所言，"跟随思想和愉悦的指引"，万事万物仿佛都在跟着我们流动，河岸和远处的峭壁化开在这未经稀释的空气里。最坚硬的物质和流动性最强的物质好似要遵循同样的法则，长远来看也确实如此。树不过是汁液和木质纤维的河道，它们发源于空气，流经树干，汇入大地，又通过根系往上流向地面。我们的头顶，

---

1 鲍格斯（Paugus，? —1725），洛夫威尔战争中印第安匹格瓦基特部落的酋长，1725 年被杀害。

星河、银河已经在天空闪烁,掀起阵阵涟漪。地面有岩石的河流,地底深处有矿石的河流,我们的思绪也在流动循环,而此时此刻不过是时间长河中的一个点。那就让我们随心所欲游荡吧,宇宙围绕我们而设,我们仍然是中心。如果我们仰望天空,它是凹形的;如果我们俯瞰无底深渊,它还是凹形的。天空的弧度朝下,连接地平线,那是因为我们站在平原之上。是我把它的两头拉下来。星辰如此低垂,仿佛不愿离去,它们绕了一圈又回来,想要记住我的模样,再回归自己的旅程。

我们已经通过库斯瀑布,看到来时的营地在白昼时的风光。最后我们在梅里马克河北段的西岸扎营,几乎正对上行时曾经悠闲午休的那个大岛。

那个夏夜,我们睡在岸边的一块倾斜岩板上,小船被拉上沙滩,藏在数竿之外沿岸生长的一排橡树后面,没有打扰任何栖居者,只有草里的蜘蛛被灯光吸引出来,爬上我们的水牛皮垫。当我们从帐篷里向外张望,树木在迷雾中显露出模糊的身影,草叶上挂着冰凉的露珠。野草仿佛陶醉在夜色中,伴随着湿润的空气,我们嗅到了馥郁的芬芳。晚餐是热可可、面包和西瓜,吃完不久,我们就疲于交谈，开始各自写日记，然后熄灭挂在帐杆上的灯，沉沉睡去。

不幸的是，日记里本该记下更多事情，却被我们漏掉了。虽然我们定过规矩，要写下旅途中的点点滴滴，但这样的雄心实在难以坚持，真正重要的经历总是让我们忘记这一职责，于是记下的都是些无关紧要的琐碎之事，重要的却常常被忽略。随时记录我们感兴趣的事物并非易事，因为我们对写日记这事不感兴趣。

每当夜里醒来，半梦半醒间，还想努力把梦做下去，总要过上一会儿，等到变得更猛烈的风拍打上帐帘，拉绳开始抖动，我们才记起现在正躺在梅里马克河的堤岸上，而不是在家中卧室。我们的脑袋埋在草中，听着河水回旋吮吸，向着下游流逝，一路亲吻着河岸，异常响亮的声音，而它浩浩荡荡的主干却只有微弱的淌流声，就像我们的水桶有了裂缝，水流进了我们身旁的草地。橡树和榛树被风吹得沙沙作响，在我们的想象里，它就是一个深夜不睡觉，又不顾及旁人的家伙，走来走去，整理东西，时而还哗啦一声掀翻满抽屉树叶。大自然处处都在忙碌，仿佛在仓促地准备接待一位尊贵的客人。在夜里，她有一千个女仆打扫每一条走道,有一千口锅等着熬煮明天盛宴上的佳肴——细细密密,嘈嘈切切,仿佛有一万个小仙子的手指翻飞,悄悄缝着大地就要盖上的新毯和树木即将挽起的披纱。然后,风渐渐停歇,继而陷入沉寂,我们也一样重入梦乡。

星期五

离天亮还有很久,我们早早醒了,听着流水潺潺,树叶沙沙,猜测今天的风是向上游吹还是向下游吹,对我们的航行是否有利。我们已经从这些声音透出的清爽秋意中预料到天气要变了。林间的风声像奔腾不息的瀑布,在岩石间冲撞、咆哮,就连异乎寻常的天气也能给我们以鼓舞。即使身处堕落年代,听到这流水的潺潺声便不致彻底绝望。那夜是季节的轮换点。我们在夏季入眠,在秋季醒来;在某个难以确定的时间点上,夏季转成了秋季,就像一本书翻开了新的一页。

拂晓时分,我们找到小船,它停在昨夜的老地方,好像在等我们。河岸上已是秋天,天气清凉,朝露未晞,我们留下的足迹在潮湿的沙滩上依旧清晰，仙子们大概都已经离去或是藏了起来。5点前，我们将船推入一片雾气中，跳上去，发力一撑告别了河岸，顺着湍急的河水往下游疾驰，一路小心提防着礁石。我们眼前只有一片汩汩黄水，两岸的浓雾在我们身周围出了一片小小天地。很快，我们就经过了索希根河口和梅里马克村，雾逐渐散去，终于不用再紧张地提防礁石了。我们从飞逝的云朵、山上的第一抹棕黄、奔腾的河水、岸边农舍与河岸本身看到了秋天，凉爽清新，露珠晶莹。近黄昏时，我们又在葡萄藤的斑斓色彩、柳枝上的金翅雀、成群飞舞的扑翅䴕上看到了秋天。等到靠近河岸，如我们所料，人们的脸上也映出了秋天。连农舍都显得更温暖舒适，里面的居民只露了一面，就安静地进屋关上了门，退回到夏天的身影还在徘徊的地方。

我们听到秋风的第一声叹息，就连水色也染上了灰调。盐麸木、葡萄和槭树叶色已变，马利筋也转为浓郁的深黄色。每片林子里的叶片都在快速成熟，等待坠落，鼓胀的叶脉和艳丽的光泽正是它们成熟的标志，而非诗人笔下的枯叶。我们知道，槭树是最早一批落叶的树种，很快就会为草地边缘镶上如烟似雾的饰边。牧场和公路边已经可闻牛群狂暴的低吼，它们焦躁地四处奔跑，似乎在担忧草叶枯黄，寒冬将临。同样地，我们的思绪也跟着躁动起来。

我们康科德村每年都要举办牲口节，我曾在节日期间的街巷上漫步。10月秋风吹拂下，最先将落叶撒满地面的通常是榆树和悬铃木，它们的汁液旺盛得如同撒欢儿的农家孩子，看到它们，我又想起那些沙沙作响的树林，林中的树木想必也在为过冬做准备。在这秋季的节日里，人如潮涌齐聚在街头，年年如此，和树叶在路旁堆积、翻飞一样，成了一种自然规律。街道上牛群的低吟和着树叶的沙沙声，听起来像一曲嘶哑的交响乐，又像是连续反复的低音部咏唱。风匆匆吹过原野，拾起每一根掉落在田里的秸秆，农家少年们似乎都跑在了风的前头——他们穿着自己最好的厚呢大衣和花呢马甲，挺括的长裤不是帆布、短毛绒就是灯芯绒面料，戴上毛茸茸的帽子，奔赴乡村集市、牲口节，奔赴那个汇聚了全年珍宝的乡村罗马。他们用闲不住的粗壮手掌支撑跃过围栏，他们的手从不会老老实实垂在身侧。在小牛"哞哞"、绵羊"咩咩"的叫声中,呼喊着伙伴的名字——阿莫斯、艾伯纳、埃尔纳森、埃尔布里奇。

我爱这些大地之子,每位母亲的孩儿,他们揣着一颗热忱强健的心,吵吵嚷嚷、成群结队,奔走在一个个热闹场面之间,像是担心从日出到日落不够他们把一切看尽,毕竟太阳不会因为割干草的季节已过而多等待一会儿。

他们满怀着对这一天粗鄙消遣的热望四处乱串,紧跟在唱歌的黑人身后大呼小叫,在他们的追捧下,那人越唱越起劲,歌喉中流出了全刚果和几内亚海岸的歌谣,萦绕在我们的大街小巷。然后,他们又跑去看一百对同轭牛的阵列,每头牛都庄重威严,如同古埃及冥王奥西里斯;还有成群整齐漂亮的公牛,而那些全身雪白无瑕的乳牛则像古埃及皇后伊西丝或希腊神话中的少女伊娥[1]。他们的爱慕对象不是大自然,正应了那一句,"节日散场,情侣归家"[2]。

---

[1] 伊娥(Io),希腊神话中宙斯的情人之一,被天后赫拉施法变成了小母牛。
[2] 引自克里斯托弗·马洛的《海洛与利安德》。

集市上或许有最肥的牛和最甜的水果，可和形形色色的人类展示比起来全都黯然失色。在这蓬勃的秋日，在摇曳的叶片中，人被熙熙攘攘的人群裹卷，好似迁徙的雀鸟。这是一年中真正的收获季节，当空气中只有人的气息，树叶的声响仿佛也变成了人群的脚步声。今天的我们在书中读到古代的庆典、比赛以及希腊人和伊特鲁里亚人的游行队伍时，不免心存怀疑或是难以共鸣，但共同的是，向大自然致以热情问候时，每个民族都表现得那么真挚，那么不可抑制！科律班忒斯人[1]、巴克坎特斯[2]们，还有粗野的早期悲剧家们，他们的游行队列和羊歌，雅典娜庆典上的全套道具，这些看似老旧古怪的东西，现在都有了对应物。农人总是比学究理想中的希腊人更像希腊人，古老的习俗还在延续，而古物学家和老学究们却为铭记它们穷尽一生。今天农人们齐聚市集，他们遵守的是梭伦[3]和莱库格斯[4]都不曾制定的古老法则，就像蜂群跟着蜂王

---

[1] 科律班忒斯人（Corybantes），古希腊众神之母库柏勒的祭司，其祭祀仪式特征是狂野的舞蹈。
[2] 巴克坎特斯（Bacchantes），古希腊酒神的女祭司，又称"狂女"。
[3] 梭伦（Solon，约前638—前559），古希腊政治家、立法者。
[4] 莱库格斯（Lycurgus，约前700—前630），传说中的斯巴达国王，立法者。

一样理所当然。

这些乡下人值得花点时间去观察,看他们怎样涌进城镇,看冷静严肃的他们现在变得热切兴奋,他们的衬衣和大衣领尖都朝前伸着——那领子宽得像把衬衣上下穿颠倒了,因为时尚总是倾向夸张。他们的脚步轻快异常,彼此恳切热烈地交谈。哪一处闲聊里谣言少,那些机灵得多的浪荡汉就出现在哪里,第二天就不见了他们的踪影,像17年蝉[1]钻回了自己的洞穴。他们总是穿着破旧的外套,却比农人最好的衣裳要讲究得多,但他们懒得打扮,只想看热闹,遇事插上一手,如果有人吵架,就打听一下"吵什么呢?"。他们忙着看人醉酒、看马儿赛跑、看斗鸡,急着拆台添乱,最要紧的当然是看被扒光了的"光猪"。他为这种场合而生。他掏空口袋和人格投身人群中,在这个日子尽情畅游。他热爱飞短流长。他不知节制为何物。

我喜欢看一群人饱食粗野下流的快乐,就像公牛大嚼蔬菜茎叶。但这些人中存在许多扭曲、暴躁的人性样本,他们全身长满刺和硬壳,被逆境挤得变了形,就像长满刺

---

[1] 17年蝉,又名周期蝉,原产北美洲东部,在地下蛰伏13或17年后才破土而出。

的栗子果壳中的第三颗栗子。如果看到好几个脑袋上只有一顶完整的帽子，你会感到奇怪，但不用担心，种族的特性不会在他们身上衰退或动摇，就像被修剪成树篱的沙果仍能贡献甜蜜饱满的果子，塞满你的库存。自然代代更新，美好而可口的品种终有消亡之时。这就是人类。世上又有多少采用低劣材料制成的人！

吹向下游的风持续而稳定，因此我们一直张着风帆，从清晨到正午一路顺流而下，整个上午一刻也没耽搁。我们操纵着深入水中的转向桨，时而又俯身摇起几乎没离过手的橹，身下的骏马血管中的每一次悸动我们都能感受得到，身侧双翼的每一下推动拉着我们浮在水面上。我们的思绪随着河水陡然转了个弯，东面或南面的图景在我们眼前豁然打开，但我们心里明白，水流最急的地方，水深也最浅。固执的河岸从不会为我们转向，始终坚守着最初的方向，那我们为何总是要为它们改变方向？

这粗粝多风的天气，还有岸上橡树林和松林发出的吱吱嘎嘎声，让我们想起希腊以北的气候，那里的海比爱琴海要寒冷得多。

我们乘风疾航，河水在船尾下汩汩流响，满脑子秋思，我们对一路上的岸上风光倒不甚留意，季节唤醒了对恒常的联想和感受，我们沉迷其中，多少期待起这一年的季节轮换。

我们面朝上游坐着，开始对四周风景进行深入研究，摊开地图，一一比对着岩石、树、房屋、山丘、草地在上面的位置，风和水转换了景色，它们的位置也随之变化。哪怕最简单的对象也有诸多变化，足以保持我们高昂的兴致。从这方面看，我们又发现了新的风景。

在新的山顶眺望熟悉的水面总能给人带来意想不到的新鲜乐趣。才离开几千米，我们就已经认不出环抱家乡的那些山峦侧影；即使是近在咫尺的那座山，身在山中的人大概不会记得在山顶眺望到的地平线模样；我们一般也不知道，我们的家园和农场所处的那条山脉在不远处会往哪里延伸。从呱呱坠地起，我们仿佛就与外界隔绝，像一根被插入自然界的楔子，直到伤口愈合，疤痕消失，才开始探索我们身处何处，而自然始终在每一点上都保持完整连续。

如果一个人长居山的东面，山在他的西面；当他离家远行，发现山到了他的东面，这一刻意义重大。宇宙是一个球体，哪里有智慧滋生哪里就是它的中心。所以比起太阳，人更靠近中心。站在耸立于广袤原野上的孤峰之巅，我们仿佛立足于一个无边无际的罩子中央，眼前的景物明显低于较远处，离得越远，景物就越高，一直延伸到地平线，也就到了罩子的边缘，房舍、尖塔、森林、山脉，层层叠加，最后完全融入天际。站在森林湖畔，地平线上的遥远山脉看似就从湖的那一头拔地而起，但站上山顶就会发现，中间隔着的，不只是这个湖，还隐藏着千百个离它更近、更大的湖。

透过清澈的空气，我看到农人们的作品，在我们眼里，他们耕种、收获的田野很美，却从未欣赏过。我们何其幸运，既未在这些水岸上拥有 4046.8 平方米土地，也不曾放弃对整片水岸的所有权。懂得把握世上真正有价值的东西的人注定贫穷，但他们贫穷而又富足！他们的所有仅限于自己购买之物。我看见的一切属于我。我是梅里马克平原上的大地主。

他们是富足之人，尽享富有的果实，无论冬夏，都能在自己的思考中觅得快乐。而买一座农场，我得花多少钱才能买下一座农人觉得像样的农场!

当我重访年轻时的浪游之地,欣喜地发现大自然秀色迷人。那里风景的确真切、实在,而且亲切,我却未曾深入其中。此刻涌上我心头的是康科德河畔一片叫科南图姆的宜人地带——无人居住的旧农舍、荒废的牧场和冷峻的峭壁,开阔的疏林、河段,中间的青翠草地,还有满布青苔的野苹果园,所有这些都令人思绪万千又捉摸不定。对这一幕风景,我不单记得,还会生出幻想,一旦身处其中更是如此。它既荒凉,又赏心悦目,令人无从解释,却绝不故弄玄虚。当思绪觉察到变化,我喜欢找块熟悉的岩石坐下,从石上的苔藓中细细寻找那些确定的不可改变。岩石永远是灰色,坐在石上,我尚未染上灰霜,可在常青树下,我已青春不再。时光在流逝,它也在流逝中自我恢复。

前面说起过,这是气候凉爽、微风拂面的一天。到达佩尼楚克溪时,我们不得不在船上裹起斗篷,任风和水流带我们前行。船儿在泛着柔波的水面轻快向前,远处是大片耕地和一条条划分农场的围栏尽头,他们从不去考虑围栏外的各种生命。接着经过的是一长排桧木,间隔有松林、橡树林,然后出现了点点房舍,女人带着孩子站在屋外盯着我们看，目送我们漂向远方，比他们每个星期六远足去过的最远的地方还要远。过了纳舒厄河口，再过萨尔蒙溪，风不停歇，我们就不停歇。

树木和草地间，阴影敏捷地彼此追逐，它们的交替轮换与我们的心情一般欢快。我们能辨别出每一片投下阴影的云朵，可从未见过它们居于如此高处。

上行时曾经停留过夜的那些营址，对返航的我们来说已经有了考古意义，多日逆水行舟在这迅疾的返航过程中得到了回报。当我们一个上岸徒步，想要舒展四肢时，很快便发现自己被河上的同伴抛在了后头，只得利用弯道，匆匆蹚过溪流和山涧赶上去。河岸以及远处的草地已经呈现出朴素而深沉的色泽，9月的空气夺走了它们夏日的荣光。

这空气确乎是诗人口中的"精妙物质"。在黄褐色的牧场和草地衬托下，它的质地变得更精细、锐利，仿佛将夏日的杂质一扫而光。

我们过了新罕布什尔州界，到达位于廷斯伯勒的马蹄谷，那里有一道高而规整的第二堤岸，我们飞快地爬上去，急于靠近秋花，好好欣赏紫菀、一枝黄花、西洋蓍草、香薷、不起眼的道旁小花，还有尚未凋谢的风铃草和鹿丹。最后这种植物在草地边缘开出成片的亮粉色花朵，放在整个景观中不免太艳丽了，像是给清教徒女子的帽子围上了粉色的缎带。紫菀和一枝黄花是这个季节里大自然的制服，尤其是后者，仿佛继承夏日艳阳的色彩，接替衰退的阳光将秋的丰满成熟尽数表露，将温暖柔和的光彩洒遍原野。这是仲夏过后不久的花至日，那些闪着金色的颗粒是阳光的微尘，它们像种子一样洒落地面，生出这些花来。每一片山坡，每一条峡谷，都生长着数不清的紫菀、金鸡菊、菊蒿、一枝黄花以及其他各种各样的黄色花卉，它们像一群虔诚的印度教徒，从早到晚，时刻跟随着耀眼的发光体转动脸庞。

我们对迟开的花朵总抱有别样的关注，它们陪着我们迎接冬季来临。10月底到11月间开放的金缕梅的模样确实有几分像女巫[1]，它的花枝凌乱而瘦削，花瓣如同复仇女神的头发，又像是细小的流苏。已是各种灌木叶片和花朵开始凋零的季节，它却背离常规盛放，也许真的被女巫施

---

[1] 金缕梅的英文名称为witchhazel，直译为女巫榛。

了咒语。它当然不会生长在人类的花园，山腰上有一整片仙境，它在那里绽放。

有人提出，如今的风已非早年航海家描述的那种蕴含自然气息与陆地的原始芬芳的风。由于牛群吃草、牧猪掘根，众多令空气清新有益的本土芳香树种、甜美的香草和药草从我们身旁消失，由此引发了疾病流行。他们说，人类为了满足私欲，让地球长期处于过度建设和滥耕下，将它变成了猪圈和温床，人类的逐利让大自然正常的腐朽过程大为提速。

眼前经过的，是一位已故廷斯伯勒居民的农场。据他记载，1785 年 10 月，这条河上发生了一次可以载入史册的大洪水，他在屋后的苹果树上敲了颗钉子，标记出当时的最高水位。他的一位后人带我去看过这颗钉子，据我判断，当时水面至少高出正常水位 5.2-5.5 米。据巴伯的记录，1818 年，布拉德福德段的河面高出了正常水位大约 6.4 米。修建洛厄尔和纳舒厄之间的铁路前，工程师曾向岸上居民调查过水位的最大涨幅。来到这一家时，人们把他带到苹果树旁，那时钉子已经看不太清了，女主人伸手在树干上比了一比，说她从小就牢牢记着钉子的位置。与此同时，家中老人将胳膊伸进树干的空洞中，从内侧摸到了钉子的尖头，和女主人的手正好对上。现在，这个位置已被树皮上的一道划痕清楚明白地标记出来。可除此之外，没有别的人记得河水曾涨到那么高，工程师因此未予采信。我听说，在比斯基特溪，最高水位曾涨至仅低于铁轨大约23厘米的高度，如果碰上的是1785年那次大洪水，轨道将躺在水下大约60厘米深处。

与幼发拉底河和尼罗河的两岸一样，在这条河的两岸，大自然的变革也同样讲述着美妙的故事。这棵距离河水不过几竿远的苹果树被称作"以利沙的苹果树"，这名字出自一名友好的印第安人，这位朋友曾为乔纳森·廷做事，在印第安人战争中与另一个同伴一起死在自己族人手里。人们在他遇难的地点向我讲述了他的故事。他被埋在附近，却没人清楚具体位置。然而，在1785年洪灾中，沉重的水压导致被扰动过的泥土下沉，水退后地面出现了一处凹坑，根据大小判断应该是墓葬，他的墓址这才暴露出来。只是这处墓地如今又找不着了，也没有洪水让它再次显现，但大自然终究会有办法指明它的所在，如若必要，甚至会采取更彻底、更出人意料的手段。所以，当精神不再刺激并指挥躯体，教堂墓园中会多出一座新坟；当躯体也不再于自然中占有一席之地，大地上会留下一块浅浅的凹陷。

行至维卡萨克岛顶端，我们上岸坐在西侧河堤边缘稍事休息，红色山月桂光亮的叶片将我们包围其中。这个位置可以看到对岸几艘装黏土的驳船，还能望到一片农场，其主人正是曾与我交谈、热情接待我们过夜的那位农夫。除了大量野生的海滨李，他漂亮的农场上还种了加拿大李、品质优良的波特苹果、桃子，以及大片专为洛厄尔市场种的网纹甜瓜和西瓜。以利沙的苹果树也结出了果子，备受一家人珍视。他得意地指给我们看自己种的血桃，这种桃树的树皮色泽和枝条分布有些像橡树，不像其他品种的桃树那么容易被累累硕果和积雪压折，长势虽慢，但枝条更强健坚韧。他还培育了本土原生品种的苹果树，密密麻麻种在堤岸上，几乎不需照管，等长到五六岁便可出售给附近的农场主。光是盯着一颗长在枝头的桃子看，就能感受到天堂般的丰饶与奢侈。它甚至让我们想到瓦罗[1]笔下的一处古罗马的农场:"恺撒·沃皮斯克斯·艾迪利修斯,他在监察官面前申辩说,罗西亚的土地是意大利的花园,往那里扔下一根杆子,第二天就会被牧草埋没。"这里的土壤也许算不上肥沃,但它毕竟地处偏远,我们觉得是廷斯伯勒颇为值得一提的去处。

维卡萨克岛上的小溪中漂着一只快乐小艇,上面载着一对年轻男女,很是让我们欣喜,因为这说明此处有能够理解我们远行的人。在此之前,我们向一名运河船上的船工打听过维卡萨克岛,他告诉我们这个岛的所有权存在争议,怀疑我们为争地而来。我们再三保证这消息我们也是第一次听说,并努力解释我们来看小岛的原因,他还是一个字都不信,还一本正经地提出,他愿意出 100 美元从我们手里买下这个岛的所有权。我们一路遇到的其他小船都是来打捞浮木的,一些沿河居住的穷苦人以此为燃料供日常所需。我们的储备已经耗尽,看到岸边出现农舍的屋顶,便在离岛不远的地方停下,一个上岸寻求补给,一个

---

1 马尔库斯·铁伦提乌斯·瓦罗(Marcus Terentius Varro,前 116—前 27),古罗马政治家、学者,著有《论农业》(*Concerning Agriculture*)。

坐在岸边的船上独自沉思。

就算地球上再无新鲜事物,旅行者还是能从天上找到。它们总是会在你眼前翻开新的一页。风在这片蓝色的背景上留下字迹,好奇的人永远能从中读出新的真理。那字迹用微妙稀薄的墨色写就,比酸柠汁还要浅淡,白天看来无迹可循,要靠夜晚的化学反应才会显现。每个人心中都有一幅满天星光时的璀璨画面,与白日苍穹对应。

每片大陆、每个半球,很快都被人跑遍,但始终有那么一块地方无人涉足,它无穷无尽,从我们心中往四面八方逃逸,跑得比日落的尽头更远。无论是公路还是小道都不能带我们走进去,野草随时会长高将它们掩盖,因为我们旅行主要靠自己的翅膀。

有时,我们看事物就像隔着一层薄雾,看到的是处于永恒关系中的它们。它们矗立在那里,就像帕伦克[1]和金字塔。我们好奇,是谁把它们放在那里,又是出于什么目的?如果我们能透过事物看到现实,那流连于浅薄和表面长久一些又有何妨?在穿透性的、全面的深入探究以外,

---

[1] 帕伦克,位于墨西哥境内的古代玛雅城邦遗址。

地球和它相关的一切又是什么？当我坐在这里倾听波涛起伏拍打着河岸，我就被赦免了对过去的种种亏欠，而国会或许将重新审议他们的投票，一粒卵石发出的轻擦声就能将它们废除。但在梦中，我仍然时常追忆起那泛着涟漪的流水。

> 时常，我在枕上辗转反侧，
> 听到波浪拍打水岸，
> 清晰得仿佛白日正午，
> 而我正从纳舒厄顺流而下。

鼓胀的风帆带我们飞快地驶过廷斯伯勒和切尔姆斯福德。为了庆祝回归，我们特意买来乡村苹果馅饼，一手拿着半块馅饼，一手捏着一角用来包馅饼的旧报纸，边品尝美味边了解出发以来的新鲜事。河流到这里变得宽阔笔直，我们借着猎猎清风欢快地跃动在水面，一脸目空一切的样子，我们的船则仿佛它口衔的一根白骨，速度快得让路过的驳船船工大吃一惊。天尽头的风像洪水一样漫卷峡谷和平原，每棵树都被吹折了腰，群山却如学童一般仰面迎接风的冲击。涌起的风帆，奔腾的流水，晃动的树木，游荡的风，一切都处在巨大的流动中。北风欣然接过我们递上的挽具，大发善心拉我们前行。但有时，我们的航行又如天上云朵般平缓稳定，我们目送河岸一点点退后，看着船上的风帆涌动；它跃动的脉搏像极了我们的生活，虽然纤弱却生机勃勃，重担压肩时沉默忍耐，无所事事时又喧嚣急切；忽而被一阵慷慨的风胀满，忽而又满怀世俗的焦虑拍打摇摆起来。

它是测量远方大气温度变化的仪表，风出门与它嬉戏了这么久，让我们也得了好处。我们就这样航行，在去往家乡的梅里马克河面上拉出长长的褶皱，舒展双翼，却离不开我们的水中壕沟，尽管飞不起来，但也足够好了。风和水流是我们队伍中活泼又积极的成员，陪伴我们优雅地破浪归家，前者是一头野牛，还好与它沉稳的伙伴套在一起。我们几乎飞了起来，就像野鸭起飞前，先要扑动翅膀，借助推力在水面滑翔，在四周溅起一片水花。如果能被带到离岸几米的高度，我们该有多快！

在米德尔赛克斯上方的大拐弯处，梅里马克河再东行大约 56 千米即入海，再也没有好风助力，但我们已经充满智慧地航行了很长一段，差不多快到运河船闸了。正午时分，那位热爱高等数学的老朋友放我们过了闸，看到我们回来，穿过一道道船闸，他似乎很高兴。尽管很乐意下次花一整个秋天的时光和他探讨数学问题，但这次我们并没有停留，也没有询问他的宗教信仰。在野外能遇上他这种靠双手劳动吃饭，心中还珍藏宝贵思考的人实在难得。每个人在忙忙碌碌的背后，都应该适当保有不受干扰的宁静和兴趣领域，正如礁石环抱的珊瑚岛中央总有一汪静水，长时间的不断沉积让它终究显露于水面。

这一段运河笔直从林中穿过，我们努力想劝说风吹进长长的水道却徒劳无功，只得求助于之前用过的变通办法——用纤绳拖行。等到进入康科德，不仅没有风，连流水都不肯帮忙了，我们不得不再度卖力划起桨来，但此时天气已不再阴冷，我们又回到了温暖的夏日午后。天气的变化正好适合胡思乱想，我们一边划得更卖力，一边做起梦来，一会儿畅想自己正顺着时间长河漂向更远处，就像我们顺着梅里马克河，一会儿思绪又飘向诗人们身上，但这次沉思对象的生活时代比我们早上想到的那些要宽松一些。

在万千思绪中，我们朝着家乡划去，计划着秋天可以做些什么协助季节完成转换。也许大自然早已屈尊采纳了我们的帮助，只是我们毫不知情，比如在散步时帮她播种，衣服上挂着满身刺球和麦仙翁果子在田野间穿行。

黄昏已近，我们在这平缓的水面上悠闲地往上游划去，路过我们第一晚的营地，被两岸繁花和馥郁芬芳团团围住。距离我们生长生活的原野越来越近，西南方向的地平线上已经隐约显现出家乡的天空。太阳渐渐沉入一座林木葱茏的小山后。落日余晖如此绚丽多彩，人类不但无法理解它为何会消散，还要在时间长卷上用最明亮的颜色将它标记出来。山影悄悄投上了水面，整个河谷都在一片比月光更纯净、更令人难忘的柔光中荡漾。即使是荒无人烟的偏僻峡谷，白昼也要逐一告别。两只大蓝鹭在天空舒展着细长的腿，从我们头顶高高飞过——它们的翱翔高远而沉默，既然是连夜启程，想必不会降落在任何一片沼泽上歇脚，或许它们将一直飞越到大气层之上，化作一个符号让千秋万代研究，也许印上天空，也许被刻入埃及人的象形文字。它们飞往北方的草地，飞行姿态和图画里的鹳鸟如出一辙，平稳庄严，如同静止，渐渐消逝在云层之后。密密麻麻一群黑鸟沿着河道展翅，仿佛为夕阳美景举行的夜间朝拜刚刚散场，它们成群地从圣殿里涌出。

夕阳西下，每个人都闲了下来，陷入沉思。从牧场赶牛回家的乡村少年仍然在吹口哨，只是口哨声中若有所思；驾驭联畜的人也不再把鞭子抽得噼啪响，大声的呼喝也被压低。终于，最后一缕日光也消失了，我们背对前方，在夜色中无声地往家划去，天上星辰寥寥，我们不想说话，各自坐着沉浸在思绪里，时而静静倾听单调的桨声，那也是音乐的雏形，与夜的耳朵和她昏暗厅堂的声学效果正好匹配。

震波让山谷变成星空，[1]
而山谷鸣响回应星空。

我们默默抬头，仰望那遥远的光芒，想起第一个告诉

---

[1] 引自维吉尔《农事诗》(*Georgics*)。

我们天上星辰也是天体，也能极大地造福人类的人，他该有多么罕见的想象力！据贝尔纳多兹编年史记载，哥伦布在第一次航行中，遇到的原住民"伸手指着天，表示他们相信那是一切力量和神圣的来源"。我们有理由感激天象，因为它们大致符合人类理想。星辰遥远而谦逊，却明亮持久如同我们最美好、最难忘的体验。"让你灵魂的无尽深度引导你，但要努力睁开眼睛。"[1]

这一天，我们借助风帆和桨航行大约 80 千米。深夜时分，我们的小船撞上了母港的水葱丛，它的龙骨认出了康科德河的淤泥，岸边的黄菖蒲叶片自我们离开后就再没挺立起来，依稀留有小船的轮廓。我们欢喜地跳上岸，再把船拖上来，将它系在野苹果树上，它的树干上还留着春季洪水时铁链磨出的印痕。

---

[1] 引自《琐罗亚斯德的迦勒底神谕》（*Oracles of Zoroaster*）。

译后记

《河上一周》全名为"康科德河与梅里马克河上的一周",也就是从梭罗的家乡马萨诸塞州康科德镇出发,顺康科德河在洛厄尔进入梅里马克河,然后逆流而上,进入新罕布什尔州,最后登陆徒步,到达梅里马克河的源头怀特山脉的行程。一路行经贝德福德、比勒里卡、切尔姆斯福德、洛厄尔、廷斯伯勒、纳舒厄、利奇菲尔德、梅里马克、曼彻斯特、高夫斯顿、胡克塞特、康科德(新罕布什尔州)等城镇。

梭罗在起航的第一天写道:"阳光下的康科德港既供肉体停泊和起航,又供灵魂归航再出发。"他的家乡康科德镇在美国历史和文化上都有着重要意义。这里不仅是美国独立战争的第一仗,列克星敦和康科德战役的发生地,19世纪时更成为美国的文化重镇。超验主义代表人物爱默生、《小妇人》的作者路易莎·梅·奥尔科特、《红字》的作者霍桑,以及诗人钱宁都曾在康科德定居,其中爱默生是梭罗的精神导师,钱宁则是梭罗一生的密友,在他去世后撰写了《梭罗传》。《河上一周》中亦可看出此二人对梭罗的影响。

1849年出版的《河上一周》是亨利·梭罗出版的第一本书。他生前仅出版过两本书,另一本《瓦尔登湖》在五年后面世。其他作品都是在他去世后,由亲戚与友人整理成书的。1845年至1847年,梭罗在瓦尔登湖畔的小屋中开始了他的生活实验,《河上一周》与《瓦尔登湖》的写作时间几乎在同一时期。

让梭罗将这次河上旅程整理成书的是一次不幸事件,1842年,这次旅程的同伴,兄长约翰突然去世。这对梭罗是沉重的打击,因而这本书献词就是致兄长的一首诗:

你曾与我结伴航行,而今会去向何方?
你要去攀更高的山,

你要去溯更美的河,

做我的缪斯吧,我的兄弟。

有意思的是,探险的主人公是两个人,但这本书的主体只有一个。在书中,梭罗和兄长仿佛合二为一,无论视角、思想绝大多数时候以"我们"或"我"为主体。即使在少量需要分别叙述的时候,也仅以"我们中的一个"与"另一个"指代,鲜少出现"他"这一指代。

实际上,梭罗和兄长在康科德河与梅里马克河上的这段旅行发生在1839年,历时两周。梭罗和约翰在8月31日从家乡登舟启程,直到9月4日星期三晚上,在新罕布什尔州康科德附近靠岸,结束了他们前半段的水上航程。第二天早上,他们从另一个康科德出发,开始了为期一周的徒步探险,并深入梅里马克河的源头怀特山脉。回程中,他们在9月12日星期四的早晨再度登船,借助梅里马克河顺流的湍急水势,于第二天晚上到达了位于马萨诸塞州康科德的家。但在书中,梭罗按时间顺序重组了这次旅行,将两周压缩成了一周,将原本第二周的徒步旅程折叠进了9月5日,周四一天中,匆匆结束了上溯,并且在周五一天返航,结束行程。这种时间上的折叠与《瓦尔登湖》将两年湖畔生活处理成一年的四季更迭如出一辙。

这些改动使得这本书不再是一本游记或笔记,同时具有了虚构的框架。他以真实的经历、情感和思想去填充这一框架。"他把日记中关于 1839 年那次航行的材料编织在一起。实际上,他并未按照日记按部就班,而是依赖《地名词典》(讲述地区遗址故事的流行作品)回溯性地填写旅行记录。并且将那次旅程后进行的大量阅读与思考加入了进去,从而创造出一个综合的叙述。"这本书内容庞杂,但结构极其简单,每天一章,总共一周七天,每天的内容包括旅程、河上景物、沿途历史、回忆,穿插以大量关于文学、哲学以及历史的评论与思辨。后面这些看似天马行空、离题万里的内容在本书出版初期就曾受到诟病,当时最重要的文学评论家詹姆斯·罗素·洛厄尔批评说,这些内容"不成比例、不合时宜","每当我们平静地逆流而上或顺流而下时,它们就像路障一般,把我们甩了出去,摔得头破血流"。从阅读体验上说,确实很难令人畅快淋漓。

但这正是这本书的特点所在。爱默生就认为这不仅仅是一本旅行书；相反，关于旅行的叙事在这里只是"一根细线，上面穿着硕大的珠子和银锭"，"代表了作者在文学上最深的抱负"。在1851年的日记中，梭罗将《河上一周》描述为一本"开放的""没有屋顶"的书。但也正因为这种开放性，将本书的叙事性内容抽出来几乎不影响其完整和丰富，甚至情绪基调和行文风格也基本无损。本书的节选标准是保留完整的河上旅程及人物、历史、回忆等叙事性文字，保留全部自然观察和博物志内容，保留与叙事相关、逻辑相关的思绪、思考与评论。另外，原书还穿插有大量诗歌，部分为引用，部分为梭罗自己的作品，我们也仅留下了具有叙事性的一些。

这样一来，书中行程绝大部分在河上，河流完全成为这本书的主线，不但贯穿起沿途风景、城镇和历史，更贯穿起他一路浮想联翩的思绪。河流既是真实的存在，也是一种意象。梭罗在书中回溯河流、河岸的居民、种族、人类与自然，在缅怀，在与过往对话。如文学评论家H.丹尼尔·佩克[1]所言，此书大部分叙事在重建两条河流湮灭的过去和记忆。梭罗在开篇就引用了爱默生的诗：

> 在低矮的山丘下，在辽阔的河谷间，
> 印第安人的河流还在肆意地流，
> 我们的男人和女人还在它心上。
> 犁耙翻出他们的笛子和箭，
> 新伐的大树盖起松木屋，
> 部落不在了，农人在此安居。

他用这首诗为《河上一周》定调，印第安人和欧洲移民长达数百年的恩怨与斗争，河流两岸人事的沧桑更迭不可避免地成为这段河上旅程的一条主线。在梭罗出版的主要作品中，《河上一周》是最能体现他对这段历史的态度的作品。

"他活了下来，"一本老日志中记载，"靠着森林里的

---

[1] H. 丹尼尔·佩克（H. Daniel Peck, 1940—），瓦萨学院教授，著有《梭罗的〈晨间工作〉》（*Thoreau's Morning Work*）。

野菜和蔓越莓活了下来,他吞下的蔓越莓能从身上的伤口里漏出来。"戴维斯的遭遇也差不多。他们是最后两个回乡的人,状态虽不好但保住了性命,此后依靠抚恤金跛足生活了很多年。

但是!那些跛足的印第安人,还有他们在丛林里的英勇事迹——他们中了多少子弹?他们吞下的蔓越莓去了哪里?哪里是他们的贝里克或萨柯?最后,他们是否拿到了抚恤金或乡镇奖赏?没有哪本日志能告诉我们。

但那些骸骨不会作响。它们腐朽的元素在酝酿又一次变形,去为新的主人服务,印第安人的所有最终都将化为白人强健的肌肉和旺盛的精力。

这条线随着梭罗和兄长的行程一路展开,几乎每到一个地方都有故事。为帮助读者更清晰地把握这条历史线,我们将书中提到的相关历史按时间顺序做了些梳理放在附录中,以资参考。

梭罗跨越时空与历史的对话、对历史的重建在记叙汉娜·邓斯坦的故事时得到了极为精彩的呈现。他根据历史记载书写这个故事，但在其中巧妙地切换了时空，从"142年前的3月21日，也许正是下午的这个时刻"这一句开始了他的重建。作为今人与叙述者，梭罗在这段叙事中全然未隐身，以自己眼前景物、脑中想象与心里感受书写历史人物，创造一种既身临其境却又间离的奇妙效果。

我们在这秋夜里徘徊，寻找僻静之所享一夜安眠，他们在142年前3月的寒夜里借着顺风顺水早已漂远。和我们不同，夜里他们不扎营，安排两个人睡觉，留一人掌船。迅疾的水流将他们一路送往定居点，甚至当晚就能到达老约翰·洛夫威尔在萨尔蒙溪上的家宅。

就这样，"他以河流流动的方式不断变化自己在时空中的位置，创造出自己想象中的新英格兰历史"。(H. 丹尼尔·佩克)

可以说，节选完整保留了这本书最具文学魅力的部分。从阅读体验来说，这是一个更"好看"的版本；但从创作层面上说，书中每一段文字都是这部文学创作的有机组成部分，对文本的节选与割舍必定有违作者初衷。作为梭罗的第一本出版作品，他在文体上的试验和他排山倒海般的思考与表达溢于文字，这种尝试所获评价褒贬不一，在他的后续作品中也有一些改变。如果这个"好看"的版本能激发读者对原本的兴趣，进而更深入地阅读，更是再好不过。

附录

本书关涉的印第安人与欧洲移民交往与冲突：

[1620 年]
* 第一批欧洲移民进入新英格兰地区。

[1643—1644 年]
* 1月7日，在新英格兰波士顿举行的州议会上，瓦萨米昆、纳叙农、库查马昆、马萨克诺米特，以及女酋长自愿（向英国人）臣服。
* 迈尔斯·斯坦迪什（Myles Standish，约 1584—1656），担任美国普利茅斯殖民地军事顾问期间曾多次领导对原住民部落的攻击。

[1660 年]
* 帕萨科纳威大酋长在一场盛宴和舞会上向族人发表最后的演说，说他大概再也无法看到大家欢聚一堂，所以要留下一些忠告，为族人在与英国人邻居发生纷争时提供指导，负气捣乱在一开始或许能占上风，但最终会引来灭顶之灾。

[1663 年]
* 帕萨科纳威（皮纳库克族大酋长）的长子被捕入狱，为救他出狱，他的弟弟万纳伦塞特联合维卡萨克岛上的所有人把岛卖了才还清债务。

[1674 年]
* 万纳伦塞特酋长和他的族人改信基督教。

[1675 年]

* 曾在奥利弗·克伦威尔麾下担任少尉的老约翰·洛夫威尔移民北美后参加著名的纳拉甘西特沼泽战役。传说因为他善待印第安人,在后来的战役中被放过一命。

[1675—1677 年]

* 菲利普王战争。北美殖民地在 1675 年爆发的一次大规模战争,逾万名印第安人向新英格兰的英国殖民者发起进攻,后以失败而告终。印第安首领梅塔科迈特被英国人称为"菲利普王"。
* 乔纳森·廷以家为堡垒,孤身抵御印第安人的进攻。
* 万纳伦塞特谨慎地遵从父亲的教诲,在菲利普王战争爆发时带领族人撤至皮纳库克,即现今新罕布什尔州康科德一带,远离战火。
* 本杰明·丘吉(Benjamin Church,1639—1718),美国游骑兵部队的建立者,菲利普王战争期间英国殖民者一方的英雄,1676 年率军战胜印第安人并俘虏了菲利普王。

[1697 年 3 月 21 日]

* 被印第安人掳走的汉娜·邓斯坦和她的保姆玛丽·奈福及一名男孩杀死 10 名印第安人后逃回家乡。

[1725 年]

* 老约翰·洛夫威尔之子洛夫威尔上尉与法威尔中尉等一行 34 人从邓斯特布尔出征搜捕印第安人,在佩科凯特的松林中遭遇"印第安叛军",苦战取胜,只余 16 人返回。
* 鲍格斯,这场战争中印第安匹格瓦基特部落的酋长,1725 年被杀害。

[1754—1763 年]

* 法兰西战争,即法国—印第安人战争,是 1754 年至 1763 年英国和法国在北

美殖民地的一场战争。法国殖民者与印第安人结盟对抗英国殖民者，以英国获胜而告终。
* 早在 1752 年，约翰·斯塔克在贝克尔河附近的荒野狩猎时就曾被印第安人俘获关押。法兰西战争中，他作为游骑兵上尉表现出色，在邦克山战役中率新罕布什尔民兵团出战，1777 年又参加了本宁顿战役并取胜。

[1775 年] ───────────────────────────────────
* 美国独立战争爆发。

物种译名对照表

A

[鳖头花] snakehead / Chelone glabra

B

[白花绣线菊] meadow-sweet

[白眉鸭] summer duck

[白松] white-pine

[豹纹蛙] leopard frog

[蝙蝠] bat

[薄荷] mint

[波特苹果] Porter apple

C

[常春藤] ivy

[唇萼薄荷] pennyroyal

[刺歌雀] reed-bird

[慈姑] arrow-head

[粗皮山核桃] shagbark

[翠鸟] kingfisher

D

[大黄蜂] hornet

[大西洋油鲱] marsh-banker

[淡水太阳鱼] Fresh-Water Sun-Fish / Bream / Pomotis vulgaris

[灯芯草] rush

[鸫鸟] thrush

[毒伞菌] toadstool

[杜松] juniper

[短颈野鸭] teal

F

[风铃草] harebell

[风箱树] button-bush

[蜉蝣] shadfly

G

[猩犬] terrier

[狗木] dogwood

[骨顶鸡] coots

[鲑鱼] salmon

H

[海滨李] beach plum

[海滨山黧豆] beachpea

[海七鳃鳗] lamprey / Petromyzon Americanus / American Stone Sucker

[河鲱] shad

[河狸] beaver

[黑麦] rye

[花栗鼠] striped squirrel / Sciurus striatus / Tamias Lysteri, Aud.

[黄金鲈] Common Perch / yellow perch / Perca flavescens

[黑鸭] black duck

[红松鼠] red squirrel / chickaree / Sciurus Hudsonius

[桦树] birch

[狐狸] fox

[灰西鲱] alewife

[黄菖蒲] flag

J

[加拿大李] Canada plum

[矶鹬] sandpiper

[假稻] cutgrass

[假泽兰] mikania / Mikania scandens

[加拿大拂子茅] bluejoint

[金缕梅] wild fother / witchhazel

[金鸡菊] coreopsis

[金体美鳊] shiner / Leuciscus crysoleucas

[荆芥] catnip

[菊蒿] tansy

[蕨] brake

L

[喇叭泽兰] trumpetweed / Eupatorium purpureum

[蓝翅鸭] bluewinged

[蓝鹭] heron / Ardea herodias

[老鼠] mouse

[梨树] pyrus

[蓼草] polygonum

[林鸳鸯] woodduck

[柳树] willow

[鹿] deer

[鹿丹] Rhexia Virginica

[鲈鱼] bass

[芦苇] reed

[绿翅鸭] greenwinged

M

[麻鸭] bittern

[麻雀] sparrow

[马蜂] mudwasp

[马利筋] milkweed

[马铃薯] potato

[麦仙翁] cockle

[鳗鲡] eel

[马士提夫獒犬] mastiff

[麻鸭] sheldrake

[蔓越莓] cranberry

[毛蕊花] mullein

[猫柳] narrowleaved willow / Salix Purshiana

[猫头鹰] owl

[矛隼] gyrfalcon

[美洲椴树] basswood / Tilia Americana / lime / linden

[米诺鱼] minnow

[面包果树] breadfruit tree

[绵羊] sheep

[木槿] hibiscus

[苜蓿] clover

N

[南瓜] squash
[泥蜂] mudwasp
[鸟巢兰] neottia
[牛蒡] burdock

O

[鸥鸟] gull
[欧洲鳗] Common Eel / Muræna Bostoniensis

P

[啤酒花] hops
[苹果] apple
[葡萄] grape
[蒲公英] dandelion

Q

[桤木] alder
[槭树] maple
[鲭鱼] mackerel
[丘鹬] woodcock
[鹊鸭] whistler

R

[忍冬] honeysuckle

S

[三叶草] trefoil

[山雀] titmouse

[山月桂] laurel

[麝鼠] muskrat / musquash

[绶草] ladies' tresses

[蓍草] yarrow

[树麻雀] treesparrow

[树莓] raspberry

[睡莲] waterlily

[水葱] bulrush

[水貂] mink

[水鼠] waterrat

[水獭] otter

[水问荆] pipegrass

[松树] pine

[松鼠] squirrel

[莎草] sedge

[梭鱼草] pontederia

T

[塔序绣线菊] hard-hack

[苔藓] moss

[糖槭] sugarmaple

[桃子] peach

[甜瓜] melon

[田鼠] meadowmice

[土拨鼠] woodchuck

[兔子] rabbit

W

[蛙] frog

[网纹狗鱼] Pickerel / Esox reticulatus

[网纹甜瓜] musk

[蚊蚋] gnat

[乌龟] tortoise

[乌鸦] crow

X

[西瓜] watermelon

[蟋蟀] cricket

[橡树] oak

[香菇] bluecurls / Trichostema dichotoma

[向日葵] sunflower

[熊] bear

[悬铃木] buttonwood

[血桃] blood peach

[鲟鱼] sturgeon

Y

[雅罗鱼] Chivin / Dace / Roach / Cousin Trout / Leuciscus pulchellus / Leuciscus argenteus

[亚口鱼] Suckers / Catostomi Bostonienses / tuberculati

[盐麸木] sumach

[鼹鼠] mole

[燕麦] oats

[秧鸡] rail

[野鸭] duck

[椰子] coconut

[一枝黄花] goldenrod

[银鳗] silver eel

[罂粟] poppy

[萤火虫] firefly

[鼬] weasel

[玉米] corn

[圆叶风铃草] harebell / Campanula rotundifolia

[云斑鮰] Horned Pout / Pimelodus nebulosus / Minister

[云杉] spruce-tree

[榆树] elm

[鱼鹰] osprey

[越橘] bilberry

Z

[皂龙胆] soapwort gentian

[帚地黄] purple Gerardia

[紫菀] aster

[蚱蜢] grasshopper

[啄木鸟] woodpecker

[榛子树] hazel

[鳟鱼] trout

[棕树] palm

地名译名对照表

A

[阿波杰克纳杰西克河] the Aboljacknagesic

[阿卡迪亚] Arcadia

[阿莫斯基格瀑布] Amoskeag Falls

[阿乔科楚克峰] Agiocochook,即怀特山脉华盛顿峰

[阿萨贝思河] Assabeth River,即诺思河,康科德河支流

[阿斯托里亚] Astoria City

[埃姆斯伯里] Amesbury

[安大略湖] Ontario

[昂肯努努克山] Uncannunuc Mountain,即高夫斯顿山

[奥里诺科河] the Orinoko

[奥萨山] Ossa

[奥塔威河] the Ottaway

[奥特尼克湖] Otternic Pond

B

[巴布萨科溪] Babboosuck Brook

[巴什皮什瀑布] Bashpish Falls

[巴亚] Baiæ

[邦克山] Bunker Hill

[绑岩] Bound Rock

[鲍尔斯丘] Ball's Hill

[贝德福德] Bedford

[贝克尔河] the Baker

[贝里克] Berwick
[贝洛斯瀑布] Bellows' Falls
[北桥] North Bridge
[北亚当斯村] North Adams
[本宁顿] Bennington
[比勒利卡] Billeric
[比勒里凯] Billericay
[波普勒山] Poplar Hill
[波塔基特] Pawtucket，即瓦米希特
[波塔基特瀑布] Pawtucket Falls
[波塔基特运河] Pawtucket Canal
[波士顿] Boston
[布拉德福德] Bradford
[布雷顿农场] Brenton's Farm，利奇菲尔德旧称，纳蒂库克

C

[草地河] Grass-ground River，即康科德河、马斯基塔奎德河，梅里马克河支流
[查尔斯顿] Charlestown

D

[大内森基格河] Great Nesenkeag Stream
[德温特] Derwent
[邓斯特布尔] Dunstable
[迪尔菲尔德河] Deerfield River
[多佛] Dover

E

[俄斐] Ophir

F

[法兰克尼亚] Franconia

[费尔内] Fernay

[佛蒙特] Vermont

[弗吉尼亚] Virginia

[弗雷明翰] Framingham

[福克兰群岛] Falkland Isles，即马尔维纳斯群岛

[福斯河] the Forth

G

[高夫瀑布] Goff's Falls

[高夫斯顿山] Goffstown mountain，即昂肯努努克山

[格里菲斯瀑布] Griffith's Falls

[格罗顿] Groton

H

[哈德孙] Hudson，旧名诺丁汉

[汉普斯特德] Hampstead

[黑弗里尔] Haverhill

[黑斯塔克峰] Haystack

[恒河] the Ganges

[霍普金顿] Hopkinton

[胡克角] the Hook

[胡克塞特] Hooksett

[胡克塞特尖峰] Hooksett Pinnacle

[胡萨克山] Hoosack Mountain

[华盛顿峰] Mount Washington，即阿乔科楚克峰

[怀特山脉] White Mountains

J

[迦南镇] Canaan

[九亩角] Nine Acre Corner

K

[卡茨基尔山脉] Catskills Mountains

[坎布里奇] Cambridge

[康科德（马萨诸塞州）] Concord

[康科德（新罕布什尔州）] Concord，即皮纳库克

[康科德河] the Concord，即马斯基塔奎德河、草地河，梅里马克河支流

[康涅狄格河] the Connecticut

[康涅狄格州] Connecticut

[卡莱尔] Carlisle

[卡萨吉峰] Kearsarge

[卡塔丁山] Mount Ktaadn

[康图库克河] the Contoocook，梅里马克河支流

[克兰伯里岛] Cranberry Island

[克伦威尔瀑布] Cromwell's Falls，即内森基格

[克珊托斯河] Xanthus River

[科哈斯河] Cohass Brook，梅里马克河支流

[科南图姆] Conantum

[库斯瀑布] Coos Falls

L

[拉布拉多] Labrador

[兰开斯特] Lancaster

[利多岛] Lido

[利奇菲尔德] Litchfield，即布雷顿农场，纳蒂库克

[里德渡口] Read's Ferry

[里士满] Richmond

[罗德岛] Rhodes

[罗金汉郡] Rockingham County

[洛厄尔] Lowell，即瓦米希特、波塔基特

[洛夫威尔] Lovewell

[落基山脉] Rocky Mountains

[伦敦德里] Londonderry，旧称努特菲尔德

M

[马尔伯勒] Marlborough

[马萨比西克湖] Massabesic Lake

[马萨诸塞州] Massachusetts

[马斯基塔奎德河] the Musketaquid，即康科德河、草地河，梅里马克河支流

[麦德河] Mad River，梅里马克河支流

[麦克高岛] Mc Gaw's Island

[曼彻斯特（美）] Manchester

[曼托瓦] Mantua

[梅里马克河] the Merrimack，即鲟鱼河

[蒙塔普] Montaup

[米德尔赛克斯] Middlesex

[密西西比河] the Mississippi

[缅因州] Maine

[摩尔瀑布] Moore's Falls

[莫尔文高地] Malvern Hills

[莫纳德诺克] Monadnock Mountain

[穆斯希洛克峰] Moosehillock

N

[纳蒂库克] Naticook,即利奇菲尔德、布雷顿农场

[纳什维尔] Nashville

[纳舒厄] Nashua

[纳舒厄河] the Nashua,梅里马克河支流

[南海] South Sea

[南亚当斯] South Adams

[内弗辛克高地] Highlands of Neversink

[内森基格] Nesenkeag,即克伦威尔瀑布

[尼罗河] the Nile

[尼亚加拉要塞] Fort Niagara

[纽伯里] Newbury

[纽伯里港] Newburyport

[纽芬德湖] Newfound Lake

[纽卡斯尔] Newcastle

[纽约] New York

[纽约湾海峡] the Narrows

[努特菲尔德] Nutfield,即伦敦德里

[诺丁汉] Nottingham,哈德孙旧名

[诺森伯兰] Northumberland

[诺思河] North River,即阿萨贝思河,康科德河支流

O

[奥斯蒂亚] Ostia

P

[帕伦克] Palenque

[帕特农神庙] Parthenon

[庞考塔塞山] the Ponkawtasset

[佩科凯特] Pequawket

[佩米杰瓦塞特河] the Pemigewasse，梅里马克河源头之一

[皮纳库克] Penacook，即今新罕布什尔州的康科德

[佩尼楚克溪] Penichook Brook

[佩诺布斯科特河] the Penobscot

[彭特兰] Pentland

[皮力翁山] Pelion

[皮斯卡塔夸河] the Piscataqua

[皮斯卡塔夸格河] the Piscataquog，即气泡水，梅里马克河支流

[普拉姆岛] Plum Island

[普利茅斯] Plymouth

Q

[气泡水] Sparkling Water，即皮斯卡塔夸格河

[钱恩桥] Chain Bridge

[切尔姆斯福德] Chelmsford

S

[萨德伯里] Sudbury

[萨德伯里河] Sudbury River，康科德河的一段

[萨柯] Saco

[萨尔蒙溪] Salmon Brook，梅里马克河支流

[桑迪胡克] Sandy Hook

[桑顿渡口] Thornton's Ferry，今梅里马克镇

[桑威奇山] Sandwich Mountain

[森库克河] the Suncook，梅里马克河支流

[上尼罗河] the Upper Nile

[斯卡曼德洛斯] Scamander

[斯卡曼德河] the Scamander

[斯夸姆湖] Squam Lake

[斯夸姆山] Squam Mountain

[斯塔滕岛] Staten Island

[史密斯河] the Smith,梅里马克河支流

[孙德尔本斯] Sunderbunds

[索库克河] the Suncook,梅里马克河支流

[索思伯勒] Southborough

[索希根河] the Souhegan,梅里马克河支流

T

[泰恩河] the Tyne

[坦佩] Tempe

[特罗萨克斯] Trosachs

[廷巴克图] Timbuctoo

[廷斯伯勒] Tyngsborough

W

[瓦米希特] Wamesit,即波塔基特、洛厄尔

[维卡萨克岛] Wicasuck Island

[维卡萨克瀑布] Wicasuck Falls

[卫兰德] Wayland

[维南德米尔] Winandermere

[韦斯特伯勒] Westborough

[韦斯特福德] Westford

[威廉斯敦] Williamstown

[温尼皮修吉河] the Winnipiseogee，梅里马克河源头之一
[温尼皮修吉湖] Winnipiseogee Lake
[沃楚塞特山] Wachusett Mountain

X

[喜马拉雅山脉] the Himmaleh
[锡拉库扎] Syracuse
[肖夏恩] Shawshine，即比勒利卡
[肖特瀑布] Short's Falls
[小内森基格河] Little Nesenkeag
[谢尔本瀑布] Shelburne Falls
[谢尔曼桥] Sherman's Bridge
[新罕布什尔州] New Hampshire
[新英格兰] New England
[休伦湖] Lake Huron
[鲟鱼河] Sturgeon River，即梅里马克河

Y

[亚马孙河] the Amazon
[雅典] Athens
[雅典卫城] Acropolis
[野阿莫努苏克河] Wild Amonoosuck，梅里马克河上游佩米杰瓦塞特河的源头
[月亮山脉] Mountains of the Moon

Z

[赞塔斯河] the Xanthus

河上一周

作者 _ [美] 亨利·戴维·梭罗　　译者 _ 刘颖

产品经理 _ 闻芳　　装帧设计 _@broussaille 私制　　插画 _ 河野尾
产品总监 _ 李佳婕　　技术编辑 _ 顾逸飞　　责任印制 _ 梁拥军　　出品人 _ 许文婷

营销团队 _ 王维思 谢蕴琦　　物料设计 _ 孙莹

鸣谢

刘夙（上海辰山植物园高级工程师）

果麦
www.guomai.cn

以　微　小　的　力　量　推　动　文　明

图书在版编目（CIP）数据

河上一周 /（美）亨利·戴维·梭罗著；刘颖译
. -- 北京：中国华侨出版社，2024.3
ISBN 978-7-5113-9097-4

Ⅰ. ①河… Ⅱ. ①亨… ②刘… Ⅲ. ①散文集—美国—近代 Ⅳ. ①I712.64

中国国家版本馆CIP数据核字（2023）第235565号

河上一周

著　　者：	〔美〕亨利·戴维·梭罗
译　　者：	刘颖
责任编辑：	姜薇薇
经　　销：	新华书店
开　　本：	787mm×1092mm 1/32开 印张：8.25 字数：126千字
印　　刷：	河北鹏润印刷有限公司
版　　次：	2024年3月第1版
印　　次：	2024年3月第1次印刷
印　　数：	1—9,000
书　　号：	ISBN 978-7-5113-9097-4
定　　价：	49.80元

中国华侨出版社　北京市朝阳区西坝河东里77号楼底商5号 邮编：100028
发　行　部：021-64386496　　　传　真：021-64386491
网　　址：www.oveaschin.com　　E-mail：oveaschin@sina.com

如果发现印装质量问题，影响阅读，请与印刷厂联系调换